蹴爪《ボラン》

水原涼
Ryo MIZUHARA

講談社

目次

蹴爪 ボラン

蹴爪《ボラン》

誰が最初に言い出したのだったか、祠《ほこら》を作ることは村をあげての大事業になっていた。ベニグノの父親がその責任者になったのは、単に彼が、村の男どもが集う闘鶏場の胴元をしていて全員と顔見知りだったことと、村はずれの、祠の予定地である空き地の近くに住んでいたというだけの理由だった。鶏の餌《えさ》をつまみに酒を飲み、子供相手にトトカルチョを持ちかけて小銭を巻き上げる。村中の男たちから闘鶏で金を奪い、その金で自堕落な暮らしをする。真面目に働いている人間なんて数えるほどしかいない村のなかでも、いちばんの鼻つまみものはまちがいなく彼だった。だからこそ彼を祠建設の責任者にして、功徳《くどく》を積ませることで更生の機会を与えよう、という意図もあったらしい。

でもベニグノはそのことを知らない。ただ、父のパウリーノが、祠の建設なんてありがたい事業のリーダーになるような大人物ではないことだけは解《わか》っていた。偉い人は昼から家で酒を飲まないし、大事なはずの鶏の卵をバロットのように茹《ゆ》でて食ったりもしない。村の女は妻のマリアを除いてひとりのこらず彼を、家の金を巻き上げる元凶と毛嫌いしていた。それでもベニグノは父のことを好いていた。家で鶏の蹴爪《ボラン》を研ぐときの真剣な目、鶏の血や脂《あぶら》でくすんだ刃が、パウリーノの闘鶏への真摯な熱を注がれて野蛮な輝きを取り戻すのを見るのがベニグノの楽しみだった。まだ十一歳のベニグノは闘鶏場に入ることを許されていなかったけれど、薄い土壁の外まで響く歓声と雄叫《おたけ》びを切り分けるように、男にしては高い父の声が試合を捌《さば》いていくのを聴くのが、ベニグノはなにより好きだった。

空き地は村のはずれにあった。ベニグノの家から歩いて五分ほどの距離にある。森のなかのちょっとした、何でもない空き地だ。他のどの家からも離れたその場所を祠の建設地に定めたのは、外から村にやって来て女を犯し人を惑わせる、半人半馬の悪魔《ティクバラン》が入って来られないようにするためだ、とベニグノは父に聞かされた。それで俺にリーダーやってほしいんだと、と。外からって、ジェスは？　とベニグノは半年前にどこかから流れてきた浮浪者の名を挙げて訊《き》き返す。人はいいんだ、とパウリーノはベニグノがおかしなことを言ったように笑い、優しく頭を撫《な》でた。

昼間は酒を飲んで子供たちと遊んでばかりいたパウリーノは、毎日のように外に出て空き地に行くようになった。兄のロドリゴは海辺の村のなかでただ一人のカナヅチで、弟だけが海で遊ぶことを嫌ったから、ベニグノは六歳で他の子供たちと遊ぶようになるまで海に入ったことがなかった。それまではロドリゴとパウリーノと三人で、空き地で遊んでばかりいた。村の闘鶏は夜の時間に行われるから、パウリーノは昼の間は暇で、いつだって子供たちの遊びに付き合った。

パウリーノはルクソン・ティニックの名手だった。常に酒か、それをかき消すために、拾った安物の香水の匂いをぷんぷんさせていたパウリーノが、それでも村の子供たちに好かれていたのは、その特技が理由だった。子供は自分と同じ目線で遊んでくれる大人に懐くものだし、その遊びで自分を遥かに越える能力を見せつけられて、その大人を愛さずにいることはできない。親たちは子供に、パウリーノとは遊ばないように、と口を酸っぱくして言っていたけれど、それで行動を変えるほど聞き分けの良い子なんていない。とはいえ村はずれの空き地までやってくる子供はいなかったから、ロドリゴとベニグノは、そこでだけはパウリーノを独占できた。

ベニグノの記憶のなかでは、さらに幼かったころ初めて見た空き地は、一面が背の低い雑草に覆《おお》われていた。村はずれの森のなかにぽっかりと空いた、直径三ヤードほどの円形をした、平坦な空間。いつだって天頂から動かない太陽の光がきらきらと降っていた。ベニグノの周りは薄暗く、そこから見ると揺らめく陽光が天から掛けおろされた清いカーテンにも見え、その薄布をかき分けて空き地に飛び込んでいく兄の後ろ姿が天使のようにも見えた。迷彩柄のTシヤツの背中にボブ・マーリーのアイコンを背負った天使。天使が振り向いて「ベン！」と呼ぶ。背中にひんやりとしたパウリーノの手。ベニグノは光の中に押し出される。カーテンの揺らめきに乗って、太陽の温度が降り注いできていた。空き地の外にいるときには気づかなかった、雑草の息づく匂いがする。ロドリゴは笑っていた。パウリーノが大股にベニグノを追い抜いて前に出、両腕を拡げて待ち受けるロドリゴを抱き上げる。それから振り返ってベニグノを見下ろし、「やるか」と笑う。

　最初に跳《と》ぶのはいつもロドリゴだった。ベニグノが跳びたがると胸を小突いて退《ど》かし、足を伸ばして地面に座ったパウリーノの前に立って、「僕がやる」と言う。パウリーノも頷《うなず》き、優しい手つきではあるがベニグノの胸の前に腕を挙げて下がらせる。それから腕を身体の前、地面から一フィートくらいの高さの所に差し出した。ベニグノも嫌々ながら、父の脛《すね》の上に座って手を伸ばし、パウリーノと手を繋《つな》ぐ。「一《イサ》、二《ダラワ》、三《タトロ》、四《アパト》」とパウリーノが唱えはじめる。それに合わせてロドリゴもベニグノも歌う。生きていたころの祖母がよく、料理をするときに口ずさんでいた数え歌だ。そのリズムに合わせてロドリゴが、パウリーノとベニグノの腕で作られたハードルを、足を揃《そろ》えて跳び越える。雑草の葉の破片なのか、鱗粉《りんぷん》のように細かな粉が、着地するロドリゴが発した風で飛び散り、きらきらと輝く。それからロドリゴは後ろ向きに跳ぶ。パウリーノが腕を上げ、引っ張られてベニグノもハードルを上げる。後ろに着地したロドリゴは再び前に跳び、また高くされたハードルをすれすれで跳び越える。棘《とげ》跳び、という意味の遊びだった。二人の人間が棘の生えたゲートの役をし、他の参加者が順番にその上を跳び越える。ひっかかって倒れた奴が負けで、その次にやる缶蹴り《トゥンパン・プレソ》の鬼の役目になる。でもベニグノたち三人は飽《あ》きることなく、ルクソン・ティニックだけを続けた。

ロドリゴが爪先を引っかけ、前に転ぶ。下は雑草が生えているから擦《す》り傷一つないのにロドリゴは「引っかけやがったな！」と立ち上がり、二人の手でできたハードルを蹴《け》り上げる。パウリーノはすぐに手を引いて避《よ》けたけれど、ベニグノは逃げ遅れて、手を横から蹴り飛ばされてしまう。ひとを蹴ったことで昂奮《こうふん》したロドリゴがさらに飛びかかろうとするのをパウリーノが押しとどめ、立ち上がる。「次は俺だ」

ロドリゴは黙り込んで、パウリーノが座っていたところに腰を下ろす。パウリーノの身体の大きさに合わせて雑草が倒れており、ロドリゴはそのクレーターのまんなかにちょこんと座って、手と足を伸ばしてくる。ベニグノの手を、さっき蹴飛ばしたところを一度殴ってから摑《つか》んでくる。それから、三《タトロ》、四《アパト》、カウントをはじめた。

パウリーノは二人がどんなに両腕を高く掲《かか》げてもその上を跳び越えた。伸ばし放題の髭《ひげ》や、何日も風呂に入らないからフケや埃の溜まった長髪が光の中で振り乱され、輝いていた。「もっとだ」と跳びながらパウリーノは叫ぶ。二人はその声に応え、ゲートを上げる。でもパウリーノは軽々とその上を跳び叫ぶ。「もっとだ！」二人はほとんど足を絡《から》めるほど近づいて、ゲートを高く掲げる。「もっと高くだ！」パウリーノは叫び続ける。ゲートは高くなっていく。見上げるベニグノの眼が、真昼の陽光に射られる。真っ白になった視界のなか、たかだかと掲げた二人の手のはるか上で、パウリーノの大きな影だけが躍動し続ける。パパは天に行くんだ、とベニグノは思った。

「もっと！　もっと！」

何があっても足を引っかけることのないパウリーノが、いつもどうやってルクソン・ティニックを終えたのか、ベニグノは憶《おぼ》えていない。体力の限界がきて跳ぶことをやめたのか、それともほんとうに天まで跳んだのか。そこにはルクソン・ティニックの名手だけが行ける別天地《ランギト》があって、パウリーノがそこで心ゆくまで遊んで帰ってくるのを、ロドリゴと二人、陽光の降り注ぐ空き地で待っていたようなぼやけた記憶すらある。そのときはたしか手を繋いでいた。ベニグノの右手がロドリゴの左手に包まれていた。兄はベニグノより体温が低く、光のさんさんと降り注ぐ空き地のなかでその手だけが冷ややかで、気持ちよかったような記憶が残っている。

でもそんな日々はロドリゴが上の学校に進学したのを境に終わった。ロドリゴは幼稚園や小学校の成績が優秀で、高等教育が受けられるサイエンスクラスに進学できそうだったが、パウリーノが五万ペソの学費を払うことを渋ったせいで一般クラスに入学した。その五万ペソは、数年前の大きな地震で闘鶏場が壊れなければ捻出できたはずだった。とりあえずパウリーノが立て替えた修繕費は、毎週の賭けで数千ペソをやりとりするなかで誰も気づかないうちに反故《ほご》にされた。そうして嫌々ながら進学した一般クラスのなかで、ロドリゴはいちばん成績が優秀で、先生たちにも一目置かれているらしい。ベニグノは頭が悪いから一般クラスでも落ちこぼれて、スペインのNPOが廃屋をリフォームしてつくった青空学校に通っていたけれど、いつからか行かなくなってしまった。ベニグノはいまでは、昼から酩酊《めいてい》するパウリーノの身体に寄りかかってコーラを飲んだり、母が作ったバロットやアイスキャンディを市場で売ったりして日々を送っている。

その日ベニグノは市場の隅で、中国製のクーラーボックスの中に顔を突っ込んで、底に溜まった溶けたアイスキャンディの甘い汁を舐《な》めていた。ボックスの中には安い砂糖の匂いが充満していて、舐めているうちに粘っこい鼻水で鼻が詰まった。ずっと顔を下に向けているから頭に血が上って、市場の呼び込みや罵声、それとかしましい笑い声が遠ざかる。だからベニグノは、グレッツェンが近づいてくるのに気づかなかった。

「ベン！」と叫んでグレッツェンが、かがみ込んだベニグノの背中に飛び乗ってきた。ベニグノの身体を足で挟《はさ》んで、そらそらっ、と馬にするように脇腹を蹴る。ずいぶん前にロドリゴにつけられた右腕の傷が痛んだ。十一歳という年齢のわりに大柄で、大人に混じって行商をするベニグノは子供たちから一目おかれていて、彼にそんなことをするのは村の中で一人しかいない。ベニグノは笑いながら「グレース」と唸《うな》り、身体を勢いよく起こしてグレッツェンを振り落とした。グレッツェンは地面に転がって跳ねるように立ち上がり、灰色のプリーツスカートの尻を払う。

「もうないの、アイス」

「ないよ、バロットならあるよ、三つ」とベニグノは脇に置いていた平たい木箱を指す。蓋《ふた》を開けようとすると、あれ嫌い、とグレッツェンは短く言った。「美味《うま》いのに」身体の前に木箱を、背中側にクーラーボックスを提《さ》げるのが、ベニグノの行商のやりかただった。「もう学校終わったの?」

「うん」とグレッツェンは頷いて、先に立って歩き出す。「アゴダで事件があったでしょ? だから午前で終わりなんだって」

グレッツェンは、村のリーダーの娘だった。村の男のなかでは数少ない大学出のインテリで、島に漁協ができてから十五年、ずっと組合長を務めている。だから金にも余裕があって、娘のグレッツェンはきれいな白いブラウスを着てサイエンスクラスに通っている。そのくせ心はTシャツでそのへんを走り回っていたときのままだから、エリート候補生ばかりのクラスの中では変人だと思われているらしい。制服のブラウスが汗で背中に張りついて、その真ん中に、さっきベニグノの背中から落ちたときについたらしい黄土色の汚れがあった。地面のこまかな石のかたちが浮き出ていた。手を伸ばして払ってやろうか、と思ったけれど幼い子供のころのように無遠慮に触れるのは躊躇《ためら》われ、ベニグノは目を逸《そ》らす。市場のココナツオイルの匂いが鼻につく。グレース、と話しかけようとしたところで、グレッツェンが振り返った。

「今日さ、うちの鶏の出番なんだよね」

「そうなんだ。どの鶏？」

「エクエク」

そうなんだ、とベニグノは繰り返した。ここ数年、島ではナマコの養殖が流行《はや》っている。海を網で区切って稚ナマコを放流すればあとは勝手に育つから楽だし、今年に入ってから売値は頭打ちになりつつあるとはいえ、ハタの養殖の十倍ちかい収益があげられる。ナマコ養殖の導入を主導したのがグレッツェンの父のラモンで、島の中でもナマコ養殖に適した、海底が入り組んで流れの澱《よど》むあたりにいちはやく網を張った。そうやって得た収益を、ラモンは闘鶏に費やしていた。闘鶏場では金を賭けずに観戦することもできる。どちらの鶏が勝つか、という勝率五割の賭けに銭《ぜに》を投じることもできる。自分が育てた鶏を戦わせてファイトマネーを得ることもできる。闘鶏場では何でもできるのだ。ベニグノの村ではほとんどすべての家が庭で鶏を育てていた。大きく強く育てば闘鶏で一攫千金が狙えるし、弱い鶏は食えばいい。闘鶏で負けたところでエントリー料は鶏をまるまる一羽買うより安いものだ。負けた鶏に引導を渡すのは闘鶏場の胴元であるパウリーノの役目で、鶏を絞める重労働を外注してるんだ、なんてうそぶく者もいる。村いちばんの金持ちであるラモンはナマコ養殖場の隣に鶏小屋を建て、その中で十羽ほどを育てていた。

「エクエクって、グレースがいちばん気に入ってた子でしょ?」

「そうなの」とグレッツェンは唇を尖《とが》らせる。もう泣きそうな表情だ。「だめって言ったんだけど、いちばん大きいし強いから、って」

「まだ負けると決まったわけじゃないじゃん」

「でも勝っても、次か次かその次には負けるんだよ。それで食べちゃうんだ」

「それは、まあ、そうだけどさ」とベニグノはしぶしぶ頷き、ポケットに手を入れる。そこには赤いガラスの玉が入っていた。いつか空き地で拾った玉だった。海水で削られたようにいびつなその球体をベニグノは常にポケットに入れて、なにかあると触る癖《くせ》がついていた。でも落ち着きのない子供だと思われる気がして、誰にも言ったことはなかった。

「だからあたしが守ってあげないと」グレッツェンが小さな声で自分に言い聞かせる。十五歳になるまでは闘鶏場への出入りが、十八歳になるまでは鶏に金を賭けることが禁じられている。だから十一歳の二人は闘鶏場に入ったことがない。でも外で聴いていればわかる。熱狂、歓声、そのむこうから鶏の悲鳴、さらなる歓声と刹那《せつな》の黙禱《もくとう》。敗《ま》けて倒れた鶏の喉《のど》をかっさばく音すら聞こえる気がする。エクエクはグレッツェンが物心ついてから初めて飼った鶏だった。グレッツェンによく懐いていて、だから闘鶏には出さないでね、育っても絞めないでね、種鶏にしてね、何度もそう懇願していたけれどけっきょく、聞き入れてはもらえなかったらしい。短い相槌《あいづち》を挟むだけでベニグノはずっと聞き続ける。赤い玉にはわずかなささくれがあって、それが指を引っ掻《か》いてくるのが気持ちよかった。

そうするうちに二人は市場を離れ、村はずれの墓地に着いていた。ベニグノの家があるのとは反対側だ。近隣の村々が協同でつくった墓地だ。面積にたいして人口の多すぎるマニラでは墓地に暮らす浮浪者が多いらしい。太平洋の西端に浮かぶこの島国では、数年に一度大きな地震が起きる。家なんて壊れやすいもんは持たないほうが楽だ、というのが彼らの言い分だ。プレートの境界が集中してるから地震が起きやすいんだ、とロドリゴは言っていたが、学校に通っていないベニグノにはどういう意味か解らなかった。ただこの地域に地震が多いのは地球がそういうふうにできているからなのだ、というのはなんとなく理解できた。

墓地の入口に立って、「ジェス、いるー?」とグレッツェンが呼びかける。誰の葬儀もなく、万聖節でもない日の墓地は静まりかえっていた。誰かの命日だったのか、入口ちかくの墓石に花が手向《たむ》けられていて、その赤があざやかだった。あんだよ、とくぐもった声が返ってき、積み上げられた石棺の陰から、薄汚れた服の老人が歩み出てきた。茶と白のまだらに混じり合った髪を掻き回し、ヤニの混じった茶色い唾《つば》を吐く。

「ハ、アゴダで死んだのはおまえらじゃねえのか」と憎まれ口を叩き、にやりと笑う。「うるせえガキがいなくなってよかったと思ってたのによ。なにしに来たんだ?」

「マニーに会いに来たんじゃないよ」とグレッツェンが言う。「ジェスは? いないの?」

「あいつはここ何日か、ビラヤで小遣い稼ぎだ」と島の反対側に位置する、島でいちばん大きな村の名を挙げる。「昨日ネグロスからの船が着いてな。荷揚げがあるらしい。俺はもう無理だけどな」と何も訊いていないのに大儀げに腰をさすってみせた。その手を尻に回しひとしきり掻いてから、鼻の前に持っていってにおいを嗅《か》ぐ。

「いつごろ帰るって?」

「さあな、そろそろだと思うけど。今何時だ?」とすばやい動きでグレッツェンに近寄って、尻を掻いた手で彼女の腕を摑み、時計を覗《のぞ》き込む。「もう五時か」グレッツェンが手首をさすりながら抗議するが気にもしない。エマヌエルはビラヤのある方向を目を細めて見、なにやってんだよ、と呟《つぶや》いた。

ジェスとエマヌエルは、この島の墓地に暮らす、ただ二人の浮浪者だった。ビサヤ諸島の外れの島では、マニラやセブから赴任してきた者を除いてほとんどが地元の出身者だから、たとえ仕事をしていなくても、食いっぱぐれることはほとんどない。移住者だって、土地は有り余っているのだから、すぐに自分の家を持てる。その数少ない例外がジェスとエマヌエルだ。エマヌエルは三年ほど前、ジェスは半年前にどこかから流れついて、そのまま墓地に住み着いた。顔をしかめる者も多かったけれど二人はすすんで墓の掃除や雑役につとめ、島民たちから墓守としての信頼を勝ち取った。今では二人に日雇いの仕事や食べ物を与える者も多く、酒浸りで闘鶏を通じて男どもから金を巻き上げるパウリーノなどより、二人のほうが信望が厚い。ベニグノとグレッツェンも、行商の仕事と学校が終わったあと、よく墓地に遊びに来ていた。

エマヌエルはベニグノの木箱を勝手に開けてバロットを取り出し、殻ごとかじる。未発達なアヒルの骨が口の中でぱりぱりと砕ける。「ベン、おまえの親父さん、忙しそうじゃねえか」と咀嚼《そしゃく》しながら、口から飛び出た骨でベニグノを指してきた。

「知ってるの?」

「ああ、俺らにも手伝わないかって言ってきた。金は出せないっていうから断ったけどな」と言ってエマヌエルは首を振る。「人がひとり死んだくらいで大げさなんだよな」

「どういうこと?」とベニグノは訊き返す。「悪魔《ティクバラン》避けじゃないの?」

「なんだ、聞かされてないのか」とエマヌエルは言い、ゆっくりとしゃがみこんで、もう一つバロットを取る。「それよりおまえら、ジェスになんの用だよ」とまるでジェスの保護者であるかのように言った。

「エクエクがね」とグレッツェンが言う。「死んじゃうかもしれないの」すでに涙声になりかけていた。

「エクエク?」と口をバロットでいっぱいにしながら訊き返してくる。

「グレースの家の鶏。今夜戦うんだって」

「ああそりゃ死ぬな」と軽い声で言い、骨の筋をそのへんに吐き出した。「で? ジェスは鶏料理なんてできねえぞ」

「そうじゃなくて」と意地悪いエマヌエルに反発するように、グレッツェンは強い声を出した。「エクエクを、負けても勝っても守りたいの。だから戦い方を教えてほしい」

「——なんだって?」とエマヌエルは訝《いぶか》しげに聞き返した。ベニグノもぽかんと口を開けて、土に汚れたグレッツェンの背中を見やる。ブラウスは汗に濡れていて、下着の形が見えるようだった。呆気《あっけ》にとられた表情を浮かべながらもエマヌエルの口は動き続け、くちゃくちゃという音だけが立っていた。

「それはおまえ、グレース、なんだ、戦い方?」とエマヌエルは口の中に残った殻や骨の切れ端を手に出して捨て、手のひらを汚れたズボンで拭《ぬぐ》い、近くにあった背の低い墓石に腰かけた。「あいつなら知ってるだろうけどさ」

この島に来る前にジェスがどこにいたのか、いちばん親しいエマヌエルですら知らない。ただ、土方でも雑役でも仕事をしていれば大手を振って村に暮らせるのにわざわざ墓地暮らしをしているのは、きっとマニラにいたころの習性だろう、と村の大人たちは言っていた。そしてジェスは、酒に酔うとかならず、当時はまだ幼かったはずの一九八六年にマニラで起きたエドゥサ革命のスローガンをがなる。そのころマニラの建築現場で働いていたというエマヌエルも、小声でそれに唱和する。さらに酔って興に乗るとジェスはやおら立ち上がり、シャドーボクシングをしてみせるのが常だった。ベガスでボクサーをしてたんだ、東京でスモウレスラーを倒したんだ、平壌《ピョンヤン》でテコンドーのチャンピオンになったんだ、酔うたびに場所と種目は変わったがとにかく地球のどこかで格闘技を極めたのが自慢の一つで、その与太話はいつだって、「いつかおまえらにも教えてやるよ」の言葉で締められる。本気にする奴なんていないと思ってたけどな、とエマヌエルは皮肉げに口角を上げる。

「だいたい誰と戦うんだよ。相手の鶏かその飼い主か、それともこいつの親父か?」と身を乗り出してベニグノの額《ひたい》を小突く。それから不意に真顔になった。「なんにせよ、おまえらが内臓ひっくり返してても払えない額つぎ込んでる奴もいるんだ、闘鶏の結果をひっくり返そうなんて――」

「ひっくり返すんじゃないよ」とグレッツェンが遮《さえぎ》る。「守りたいだけ」

「そりゃ立派な心がけだ」とエマヌエルは、お手上げだ、とでも言いたげに両腕を拡げた。

「おまえ、なんとか言ってやれよベン」

「僕だって初耳だよ」とベニグノは弁解するように言う。「でもグレース、エクエクはいちばん大きいんだから、きっといちばん強いよ。だから負けない」

負けるかどうかじゃないんだってば、とグレッツェンは焦《じ》れたように言い、手近な石棺に腰かけた。

「ま、さいきん物騒なんだし、戦い方を覚えとくのは悪いことじゃねえやな」とエマヌエルは言う。「ジェスが帰ってきたら伝えといてやるよ。ガキどもがその、なんだ、戦い方を、」そこまで言って堪《こら》えきれずに吹き出す。グレッツェンは唇を尖らせた。

「いいよ、ジェス待つから。それまでマニー、マニラの話きかせて」

「俺は時間つぶしかよ」とエマヌエルは唇をゆがめて身をかがめ、最後のバロットを取り上げる。それから、マニラに住んでいたころ、何の用もないはずなのに大挙して押しかけてきて炊き出しをしていった日本人の学生団体の話をはじめた。

ジェスは結局帰ってこなかった。「どうせ酒でも飲んで今日の稼ぎを使い切ろうってんだろ」とエマヌエルは乱暴な、でも親密さのこもった声で言う。「俺のぶんの酒も持って帰ってくれるかが心配だ」年齢も来歴も違うだろう、赤の他人同士のエマヌエルとジェスの間に、同じ墓場暮らしの連帯が生まれているのが、ベニグノにはおかしかった。

「さ、もう日が暮れるから帰れ」とエマヌエルは追い払うように手を振る。「ベンはべつにいいけどグレースは、遅くなるとラモンがうるせえんだ」

「まだ明るいよ」とベニグノは反射的に言うが、たしかに日は傾いていて、空気の湿気が低いところに降りてきた感覚がある。

「ねえ、じゃあマニーは戦い方、知らないの？」とグレッツェンが食い下がるように訊く。

「俺は知らんよ。コンクリ混ぜてただけなんだから」とエマヌエルはにべもない。「荒っぽい現場じゃあったけど、みんな筋肉振り回す喧嘩《けんか》しかしたことねえからな」

そう言ってエマヌエルは二人の肩を摑んで立ち上がらせ、無理矢理反転させて、村に向かう道へ背中を押し出した。そうされると、エマヌエルの皺《しわ》の浮いた小枝のような指に有無を言わせぬ力が宿っていることが体感として解る。細いだけにベニグノの肩に食い込んで、Tシャツの下が指の形に赤く染まったのが見なくても解った。

なにやってんだろうな俺の相棒は、とぼやくエマヌエルに見送られて、二人は墓地を出た。

「どうするのグレース」とベニグノはそっと話しかける。

「エクエクを守らなきゃ」とグレッツェンは自分に言い聞かせるような低い声を出した。

「僕たちは闘鶏場に入ることもできないのに。どうするの？」

「いつものところで見よう」とグレッツェンは早口に言った。でもそこから先は何も思いつかないらしく、言葉は途切れてしまう。二人は黙ったまま、村の中央広場に向かって歩いた。

歓声が村人の迷惑にならないように、闘鶏場はどの家からも離れた村はずれに建てられていた。もっとも、いまでは村の男たちのほとんどが毎日曜の夜に闘鶏場に通うようになっていたから、騒音に文句を言う者なんて、彼らの妻以外にはどこにもいない。闘鶏場は周りを高い木々に囲まれている。その中の一本の枝の上が、二人の指定席だった。何という種類かは知らないけれど、子供二人の体重ならじゅうぶんに支えられるくらい強く、曲がりくねりながら上へ伸びる枝は手がかりが多くて登りやすい。葉を口に含むと苦くて舌がぴりぴりすることも、麻薬を呑んでいるような気になれて好きだった。闘鶏場には土壁がつくられているが、風通しを良くするため高い所に窓が開けられており、枝に座るとちょうど中央の試合場が見える。

「枝から窓まで五フィートぐらいしかないから、そこを跳び越えられれば忍び込める」しばらく黙り込んでから、単なる思いつきだとわかる胡乱《うろん》な口ぶりでグレッツェンはそう言った。

「私たちの体格なら、たぶん窓も通り抜けられるはず」

「で、忍び込んでどうするの？」ベニグノは自分が意地悪をしている気分になって言う。「『その勝負待った！』って叫ぶ？」

「それでやめてくれるならね」とグレッツェンは、まるでベニグノが勢いこんで変なことを言ったように肩をすくめた。その仕草が癪《しゃく》に障《さわ》って、ベニグノはむすっと黙り込んだ。

グレッツェンと別れていったん家に帰ると、闘鶏の日の早い夕食ができていた。パウリーノは昼間には酒を飲んでいたくせに、酔うとうまく試合を捌けないからと、このときだけは砂糖をたっぷり入れた台湾茶で、脂っこいシシグを流し込む。闘鶏のある日曜日の夕食は、何かのまじないのようにいつもシシグだった。ニンニクとビネガーで豚のみじん切りを炒めたシシグは酒のつまみにぴったりなのに、普段は金がかかるからと食べず、いざ食べるときには酒を断つパウリーノの迷信ぶかさが、ベニグノにはあまり理解できない。雑音だらけのラジオを聞き流しながら、大皿の真ん中に切り残した豚肉の塊《かたまり》を見つけスプーンを伸ばす。すると一瞬遅れて気づいたロドリゴがスプーンをぶつけてき、そのひと切れをかすめ取った。思わず睨《にら》みつけると「おい」と声を荒らげて足を蹴ってくる。反射的に蹴り返すとすぐにまた足が飛んでき、それからは一言ごとに蹴りを応酬し合う。「おい蹴んなよベン」「蹴ってないよほら、背伸びてきたから当たっちゃった」「伸びてねえよちび」「あ？　今なんて――」

「やめろ」とパウリーノが低い声を出した。素面《しらふ》なだけあってその声には威厳があり、兄弟は黙り込む。ロドリゴがテーブルの上の身体は動かさずに膝《ひざ》を蹴ってき、まだ兄より小柄なベニグノには同じことができないから、悔《くや》し紛《まぎ》れに、大皿に残った中でいちばん大きなひと切れをすくい取って口に入れる。咀嚼しながら、無意識に左手を上げて右の二の腕に当て、自分を守るように抱きしめた。口のなかにニンニクのおいしい匂いが広がる。最後に蹴られた膝がじんじんと痛んだ。

パウリーノを見送ったあとベニグノは、キッチンの床で蛾《が》の幼虫の真似をしながら、闘鶏を観に行きたい、と母のマリアにせがんだ。

「いつの間に十五歳になったのよ」とマリアはこちらも見ずに答え、水色に着色したシロップを計り取る。「それよりアイスキャンディの仕込み手伝って」

「やだよ。いっつも一人でやってるじゃん」

「今日売り切れたんなら、あと十個多く持ってけば二百ペソになったじゃない。たくさん作らなきゃ」

「明日はそんなに売れないと思うよ」

「売るのはあんたでしょ」と言いながら、銀の深いバットに注いだシロップに棒を差し込んでいく。「それに最近、外は危ないみたいだし」

「危ないって?」

「ご飯のときにラジオ、聴いてなかった？　今日ビラヤでひとごろしがあったって。ナイフかなにかで刺されて首も折られて」

「誰が死んだの？」

「知らない人。でも小さい島なんだから他人じゃないよ」とマリアは、準備のできたバットを、パウリーノが闘鶏で稼いだ金を積み立てて買った業務用の冷凍庫に入れる。「あんたも気をつけてよ、アゴダとビラヤと、ふたつ続いたってことは次もある」と確信しているような声で言った。アイスキャンディは一つ二十ペソで、もうけは三ペソしかないから、きっと冷凍庫に使った金は未だに取り戻せていない。

「犯人は？」

「わかったら捕まってるでしょ。どこか外国の言葉を喋《しゃべ》ってたらしいけど」

「ハクジンかな」とベニグノは幼虫の真似をやめ、仰向けになってマリアを見上げる。ほとんどの人が赤褐色の肌をしているこの国で、ハクジンとはコーカソイドだけではなく自分たちよりも肌が白いすべての民族を指す言葉だ。中国人や韓国人、日本人もその中に含まれる。空港も世界的に有名なビーチもないこの島を観光に訪れるハクジンはほとんどいないが、ラモンの育てたナマコを買い上げにくる中国人はよく見ていたし、仕事をリタイアした日本人の家族が島の反対側に住んでいるのも知っている。でも、全員が知り合いの知り合いくらいの距離に収まる島の住民のなかに殺人者がいるとは考えづらかった。だからきっと外からやって来た人間だ。悪魔《ティクバラン》。

「さあ。顔は見えなかったらしいよ」とマリアは素っ気なく首を振る。ベニグノはポケットに手を入れてガラス玉を撫でながら、ふうん、と言った。

アイスキャンディの準備を終え、洗い物を済ませたマリアは、休む間もなく夫婦の寝室に置いた作業台に向かう。合皮のバッグにシャネルのロゴを縫《ぬ》い付ける内職をするのだ。もちろん海賊品だ。摘発されそうになったときすぐ剝《は》ぎ取れるよう、適度に縫いはずすことが必要で、そのためには機械ではなく、人間の繊細な手作業が求められた。マリアはこの作業をするとき必ず、イヤホンで韓国人アイドルの曲を聴く。母が作業を始めたのを確認して、ベニグノはロドリゴと二人でつかう部屋に戻った。よっつ歳上で、今年十六歳になるロドリゴはもちろん闘鶏場に行っており、部屋には誰もいない。ベニグノは窓を開けて外に出た。路地を抜けて村の大通りに出、グレッツェンがやってくるのを待つ。五分もせずに着いたグレッツェンは着替えていて、男の子のような灰色の短パンを穿《は》いていた。無言のままうなずき合い、肩を並べて闘鶏場に向かう。

ちぎれ雲が空にあるらしく、月は隠れていた。そのぶん他の星々が光って、村はずれへの道を照らしてくれている。

闘鶏場は暗い夜の底に浮かび上がっていた。まだ戦いの始まる前なのに男どもの熱気が外まで滲《にじ》みだして、湯気が立っているようだった。ベニグノはグレッツェンの前を歩き、島の真っ黒な森を背景に皓々《こうこう》と光る闘鶏場へ近づいていく。

目的の木が見えてくると、先を競って駆け寄った。いちばん低い枝はグレッツェンが手を伸ばしてぎりぎり届く高さにある。走ってきた勢いのまま跳び上がって枝を摑み、ベニグノが下から足を支えて、グレッツェンは枝の上によじ登った。枝に跨《また》がって、ぐったりと身体を横たえる。

「グレース、早くどいてよ。登れない」

「さいきん身体が重くなってきたかもしれない」とグレッツェンは不本意そうに言う。

「知らないよそんなの。太ったんでしょ」とベニグノが言うとグレッツェンは気分を害したらしく、唇を尖らせて身体を起こした。ベニグノがジャンプして枝を摑むとわざと揺らしてくる。思わず手を離して着地し、睨みつけてやる。勝ち誇ったようにほくそ笑むグレッツェンの顔が、出入り口の橙色の明かりに照らされていた。さいしょはキリノん家のペラとオスメニアのワオイ、とパウリーノの高い声が、対戦する鶏の名前をコールした。

「エクエクはまだみたい」

「そうだろうね」とベニグノは答え、グレッツェンが闘鶏場の様子に気を取られている隙《すき》に枝に飛びつき、よじ登った。村いちばんの金持ちであるラモンは驕《おご》ることもなく、村人たちから嫌われているわけではないが、それでも嫉妬ややっかみを抱く者は多く、彼の鶏が負けるとひときわ大きな歓声が上がる。だからかパウリーノはラモンの鶏を一日のメインイベントに据《す》えることが多かった。

パウリーノがひときわ高くかけ声を出して、ゴングを鳴らす。男どもの声がわっと立ちあがる。ペラとワオイの名を呼ぶ声が入り混じって、おおきなうねりになって闘鶏場全体を揺らしはじめる。行こ、とベニグノはグレッツェンに囁《ささや》いた。お互いの身体を引っ張ったり押し上げたりしながら、二人は黙々と上を目指した。

地面から三ヤードほどの高さに到達するころには、もう最初の試合は終わっていた。歓声の向こうから、ワオイの勝ち、と叫ぶパウリーノの声が聞こえる。喜びの叫びや罵《のの》りが混じり合って聞こえる。地面とほぼ平行に伸びる枝に並んで座り、二人は窓の中を覗いた。金網に囲われた試合場の真ん中に赤紫の血だまりが広がり、その中に鶏が横たわっていた。昂奮した男どもの血走った目、一人の男が鶏に歩み寄り、大事そうに抱き上げた。飼い主なのだろう。胸に抱いた鶏を見下ろし唇を動かす。こちらにまで血のにおいが漂《ただよ》ってくるようだった。退場しようとした男は振り返って、再びしゃがんで何か拾い上げる。身体の一部が切れ落ちていたのだろう。去って行く彼に向かって、観客が物を投げるように手を振り、叫ぶ。何と言っているかは聞きとれないが、汚い言葉をつかっているのはその表情からわかる。パウリーノが使っている若者たちが血だまりに土を振りかけ、大きなヘラで地面を平《なら》した。

次の試合、その次の試合にもエクエクは出場しなかった。名前がコールされるたびにグレッツェンは身体をこわばらせ、それがエクエクでないとわかると安堵《あんど》の息を吐く。枝はわずかに彼女の方に傾いていた。重力に引かれて身体がくっついてしまわないようにベニグノは全身に力を入れていて、そのせいで尻の筋肉が攣《つ》りそうになっている。この闘鶏場では、一日に八試合が行われる。ラッキーナンバーの八にしたのは迷信深いパウリーノだ。そして第七試合が終わり、地面の血がきれいにされて、最後の試合の準備がはじまった。

「次は今日のメインイベント！　青《ワラ》がオカンポんとこのゴクーで、赤《メロン》は――」と試合場中央に立ったパウリーノは言葉を切り、観客たちを見回す。彼らも次にコールされるのが誰の鶏なのかわかっているから、手を振り上げて雄叫びを上げる。「ラモン・ディエスのエクエク！」ああ、とグレッツェンが呻《うめ》き、ベニグノにそっと手を伸ばしてくる。手を繋ぐのは気恥ずかしかったから、ベニグノは闘鶏場に魅入られて気づかなかったふりをする。手は泳ぐように宙を掻き、グレッツェンの胸を押さえて止まった。

メロン！　ワラ！　とあちこちで男どもが叫ぶ。パウリーノが金網沿いに一周して、ベットした証のカードと引き替えに男どもから金を回収する。賭け金は一律五百ペソだ。パウリーノのベストの左右のポケットに、黄色い紙幣が詰まっていく。金を集め終わると手伝いの男と手分けして紙幣を数え、総額から一割を引いた額を、勝った鶏に賭けた者たちが山分けする。飼い主たちはお互いに同意した額のエントリー料を払い、総額のうち九割を勝った方が総取りする。賭け金とエントリー料の一割、それとひとり百ペソの入場料がパウリーノの儲《もう》けだ。

「オーケイ、ワラが勝てばひとり千ペソ、メロンなら八百五十だ」とパウリーノが言い、その倍率にブーイングが飛ぶ。負けることを期待されていながらも、試合場に出された様子を見ればゴクーよりエクエクが一回り大きく、そのせいでエクエクに賭けた男の方が多いらしい。

「ほら、みんなエクエクの方が勝つって」とベニグノはそれが何の励ましにもならないと知りながら言う。そりゃそうだよ、とグレッツェンはちょっと誇らしげな声を出した。

二人のいる枝からはちょうど赤コーナーが見えた。そこに鶏を抱えたラモンが歩み出てくる。パパ、とグレッツェンが呟く。ラモンはその場にしゃがみ、太ももの間にエクエクを挟んで、小さな鶏冠《とさか》にキスするように唇を近づけて何事かささやきかける。エクエクもその言葉が解るように顔を上げる。語り合う一人と一羽に金網の向こうから煽《あお》るようなブーイングが飛ばされた。ラモンは背中を丸めてエクエクの足に蹴爪《ボラン》を取りつけた。太ももを広げ、放してやる。屈んだままエクエクのおしりを小突くように腕を動かすと、鶏はちいさく跳び上がった。パウリーノが何か叫んでゴングを鳴らした。歓声が上がる。それで昂奮したようにエクエクが羽根を広げ、相対するゴクーに駆け寄っていった。ひっ、と息を吸い込んでグレッツェンが手で顔を覆った。

ディ、ディ、ディ、男どもが鶏を囃《はや》し立てるような声を上げる。ワ、ワ、ワ、それに呼応するように別の男たちが鶏を煽る。ふたつの声が混ざり合ってひとつのうねりになり、それがベニグノの耳には「そうだろ？《ディバ》」と言っているように聞こえる。そうだろ？　そうだろ？　何がそうなのかはわからない。でもいま、目の前でエクエクは戦っている。勇敢なボクサーのようにステップを踏み、褐色の羽根を広げて威嚇して、細い足を振り上げて蹴りつける。どちらのものかわからない羽根が飛び散り、その影のように血が舞う。飛びかかってきたゴクーを羽根を振っていなし、目を突こうと嘴《くちばし》を繰り出す。悲鳴と怒声が入り交じった声が上がった。島の中で立て続けに人が殺されたからなのか、男どもの眼は凶暴に血走っている。舞うように交錯しあう二羽の鶏に向かって酒に酔った声で罵声が投げつけられる。ベニグノは隣のグレッツェンの存在を忘れてちいさな窓のなかで繰り広げられる戦いに見入った。どこかで鳥が鳴いているのが聞こえた。海鳥だ。人に飼われ品種改良され重い蹴爪《ボラン》を振り回して戦う必要のない自由な鳥。月が雲の陰から顔を出し、土壁にさっと光が差した。その向こうでエクエクが、舞い降りてきたゴクーの蹴爪に首を裂かれ、血を吹き出して倒れた。

指の隙間から見ていたらしいグレッツェンが悲鳴を上げた。でもその声は、男たちの歓声にかき消されて誰にも届かない。知らないうちに二人の身体は密着していて、彼女の身体の震えがベニグノにまで伝わってきた。

「ベン、エクエクが――」とグレッツェンは息も絶え絶えに言う。倒れ伏したエクエクの周りに血だまりが広がり、ゴクーが勝ち誇ってその上に飛び乗る。すばやい動きで近寄ってきた飼い主らしい男が、その首根っこと足を同時に摑んで持ち上げた。逆さまにぶら下げて足から蹴爪を外し、地面に投げて、それから縦に戻して愛おしげに抱く。エクエクが痙攣《けいれん》しているのが遠くからも見えるようだった。ポケットの赤いガラス玉に触れたいと思ったけれどグレッツェンが密着していて手を動かすことができない。ナイフを持ったパウリーノが静かに歩み寄って、エクエクの喉を搔ききってやる。血を吹き出して動きを止めた。「エクエクが――」とグレッツェンの口から言葉が零《こぼ》れ落ち、ベニグノがその続きを引き取る。「死んだ」グレッツェンは脱力して幹に身をもたせかけた。そのまま動かない。窓の向こうではパウリーノが声を張り上げ、カードと配当金を交換している。ラモンは苦笑いしながら首を振り、片手でエクエクの足を摑んで持ち上げた。皮一枚で繫がったエクエクの首がぶらんと垂れ下がり、揺れている。皮がちぎれて落ちてしまわないよう、逆の手でその首を捕まえる。ベニグノはちらりと隣を見やった。グレッツェンはまばたきを忘れたように目を見開いている。でもその焦点はどこにも合っていない。グレース、と声をかけると彼女の目から涙がひとしずく零れた。見てはいけないものを見てしまった気がし、慌《あわ》てて下を向く。密着したグレッツェンの身体が小刻みに震え、視界の端で灰色の短パンに真っ黒な染みが、ひとつ、ふたつと落ちた。

おうペドロ運が良いな、とパウリーノの通る声が馴染《なじ》みらしい男に笑いかける声が遠くから聞こえる。ゴクー、ゴクー、と男たちはいつまでも、勝者の名を叫び続けている。


「じゃあなんだ、エクエクはデビュー戦で死んだのか」とジェスは言い、顔を上に向けて煙を吹き出した。俯《うつむ》いて答えないグレッツェンの代わりに、ベニグノが頷いた。「残念だったな。美味《うま》かったか?」

「食べないよ」とグレッツェンは唇を尖らせる。そりゃもったいねえ、とジェスは笑った。

村はずれの空き地だった。祠の工事はまだ始まったばかりで、四隅と中央の支柱を差し込む穴があるだけだった。片脇に寄せて材木が積んであり、三人はそこに並んで座っていた。島は今日も晴れていた。湿った空気のなかで日本製の煙草《たばこ》の煙が低く揺らめき、明るい陽光に溶けていく。高価な日本の煙草を売っている店なんて島のどこにもないのに、ジェスはいつもこの銘柄を吸っていた。

「マニーから聞いたけどよ、邪魔に入ってやるって息巻いてたんだって?」とジェスはからかうような声で言った。「無茶すんなよな。人生賭けてる奴もいるんだから、おまえらみたいなちびっこが入ったら弾《はじ》きとばされちまうぞ」

「わかってるよ」ベニグノはそう言って身を乗り出し、ジェスの向こうに座るグレッツェンを見やった。エクエクを喪《うしな》った悲しみか、ジェスに揶揄《やゆ》された怒りか、彼女は下を向いて唇を噛んでいる。「そうだ、ジェスってなんか、格闘技やってたんだっけ?」とふと思いついて訊いた。

「ムエタイのチャンプだったこともあるな」とジェスはおいしそうに煙を吸い込む。「昔の話だ。話したことあったか?」

「何度もね」とベニグノは頷く。「じゃあ僕たちに教えてよ、戦い方」

「なに言ってんだ面倒くせえ」

「強くなりたいんだよ」とベニグノは答えた。伝えといてやる、とエマヌエルは言っていたけれど、ジェスは何も知らないようだった。ベニグノはふと右腕に触れる。幼いころの怪我《けが》のあとが、このごろ妙に痛むようになっていた。「強くならないと。殴りかかられても戦えるように。さいきん物騒なんだし」と、これはエマヌエルの言葉を真似て言う。

「物騒、ね。それもそうだな」とジェスはまだ長いままの煙草を股の間に入れ、材木に押しつけて消し、地面に落とす。「暇なときくらいならいいさ。面倒くせえけど」

「ムエタイ、僕たちでもできるようになるかな」タイのプロ選手が、二、三歩の短い助走から跳躍して、身長の倍ほどの高さにあるサンドバッグを蹴り上げているのを観たことがある。成長期も来ていない二人にとっては、木に登らないと届かない高さだ。

「いや、キックボクシングの方がいい」とジェスは慌てたような声を出す。「ムエタイはほら、もっと上背がないと駄目だから。キックボクシングならわかる。教えてやれる」

「なんでもいいよ、強くなれるなら。ね、グレース？」とベニグノは黙り込んだままのグレッツェンに呼びかける。うん、そうだね、と低い声が返ってきた。じゃあ早速やるか、とジェスが立ち上がったところで、遠くからがやがやと男たちの声が近づいてきた。

パウリーノを先頭に、数人の男が空き地に入ってきた。材木に三人が座っているのに気づいて、プラスチックのバインダーを持った手を上げる。

「なんだベン、ここにいたのか。キャンディは売れたのか？」

うん、とベニグノは頷く。今日は行商に出なかった。昨夜の闘鶏の売り上げが多かったおかげでマリアが機嫌を良くし、一日の自由をくれたのだった。パウリーノはジェスとも挨拶を交わす。

「よう、なんか仕事はねえか？」とジェスが訊く。

「あるけどな、金は出せねえぞ」とパウリーノが三人の尻の下の材木を指さし、誇らしげな声になる。「なんてったって村の福祉のためだからよ」

「なんだよ、じゃあ用はねえや」ジェスは立ち上がり、仕事を言いつけられないうちにそそくさと空き地を出ていく。

「約束、忘れないでね！」とその背中にベニグノが呼びかける。ジェスは振り返らずに手を振って去って行った。

「なんだベン、あいつと約束なんてしたのか？」

「うん、ちょっとね」

ふん、とパウリーノは鼻を鳴らした。それからグレッツェンにも声をかける。

「グレース、昨夜は残念だった。可愛がってた鶏だったんだって？　いい戦いっぷりだったよ」グレッツェンは首を振る。「でもまあ、勝負は時の運だ。次の鶏を可愛がれ」

大丈夫です、また、と短く言って、グレッツェンは立ち上がり、ベニグノの手を一度握ってから走り去った。慰めてやれよ、とパウリーノがベニグノの頭に手を載せる。反射的に首を振って避け、ベニグノはグレッツェンの背中を見送った。

祠を作るのは、キリスト教の信仰では島の神話の悪魔に対抗できない、と誰かが言ったのが発端だった。外から入ってくる悪魔に怯《おび》えることなく、心やすらかに暮らせるように、祠を建てて祈るのだ、すくなくともベニグノたち村の子供はそう聞かされている。でも計画が進み、設計図が引かれ、資材が集まり、作業が始まり、だんだん祠が形になっていくにつれ、次第に祠に託される願い事が増えていく。みんな健康であるように、動機も知れないアゴダやビラヤの事件の犯人が一刻もはやく捕まるように、ナマコの養殖が成功するように。闘鶏で勝てるように、なんて個人的な願いもあった。人々はそれらの願いを空き地に置かれた材木に書いたり刻んだりした。それでは足りないと思ったのか、なかには剝がれたサンダルの裏地や腐った木の板に願い事を書いて置いていく者もあり、空き地は次第にゴミ置き場のようになってきている。願いが書かれているだけに処分するわけにもいかず、それらのゴミは資材と一緒に空き地の一角を占めている。完成のあかつきには祠の中に祀《まつ》られる予定だ。

地面に深く突き立てられた芯柱を、男がするすると登っていく。中心の柱の上で交差するように材木を渡し、それが梁《はり》になった。下ではパウリーノたちが、外側の柱同士の間に、細長い枝を渡し、釘で留めていく。そこに練った泥を塗り、乾かすと土壁になるのだ。男たちは作業をしながら、大きな声を投げ合う。かけ声だったり流行り歌だったりもするがほとんどは下品な冗談だ。パウリーノが「ガキがいるんだからやめろよ」と言うが、その口ですぐ、女性器がどうこうという与太を飛ばし、誰より大きな笑い声を上げる。恥ずかしくなって、もう帰るね、とパウリーノに声をかけて立ち上がった。おう、と父はこちらを見もせずに金鎚を持った手を上げ、釘に向かって振り下ろす。その背中が、昨夜見た、エクエクの喉を掻ききる姿と重なった。釘の頭を叩く音は断末魔に聞こえる。どこかから日本製の煙草の匂いがした。太陽がベニグノの目を射、その場から動けなくさせた。

いつだったか作業を見ていたとき、祠が出来たら何を祈りたい、と訊かれてベニグノは、地震が減ったらいいよね、と答えた。地震がなければロドリゴはサイエンスクラスに入れたしベニグノももっと頭が良くなったかもしれず、行商をする必要だってなかった。この空き地が地脈の要かどうかはわかんねえぞ、と言う者もいたがそれなら健康やナマコの繁殖を願うのだって筋には合わず、だからなんだっていいだろ、という結論になった。それで祠に託される祈りがひとつ増えた。祠はもはや祈りの場というより村の男たちが連帯をたしかめるために建てられるようなものだった。村中の人間から願いを捧げられて、簡素な祠がその重みに耐えかねて崩れてしまうんじゃないか、とベニグノはふと思いつく。

ベニグノは男たちの作業を見るともなく見ながらゆっくり歩き、ゴミの積まれたところに移動して、これまでに空き地に持ち込まれた祈りを数え上げた。島の平穏や豊漁を祈るものもあれば、あくどい金儲けや大麻の取引が警察にばれないように、なんてものまである。ひとつくらい自分のためだけの祈りを紛れ込ませてもいいかもしれない、と思った。そうするといきなりグレッツェンの顔が頭に浮かんでしまい、自分で動揺する。

「何かおもしろいのあったか？」と柱の上に乗った男が訊いてきた。いやべつに、とベニグノは慌てて首を振る。

「ポメルズさんは？　なにか書いたの？」

「俺は金よ」とポメルズはからからと笑う。それから不意に真顔になって、「あとまだガキが小さいからな、犯人が早く捕まるようにって」と付け加えた。いい親じゃねえかこら、と男たちの一人が野次を飛ばす。うるせえよ、と金鎚を投げる真似をして、ベニグノに向き直った。

「おまえも気をつけろよ、ベン。死んだら神様《ジョス》のところに行けるけど、そうはいっても、死ぬときは痛えんだから」うん、とベニグノは頷いた。祠に捧げられるいくつもの祈りのことが頭を過ぎる。地震のこと、独裁政権を敷こうとしている大統領のこと、金儲けのこと。手がかりすら摑めていないけれど、島の外の人間、という意味で、ハクジン、という呼び名が定着したビラヤの殺人犯のこと。墓で暮らす二人の友人も家が見つかるといい、とベニグノは思った。石棺の蓋の寝心地を愛している二人が、それを望むかどうかは知らないけれど。

次の日、大きな地震が起きた。昼間だった。ベニグノは市場にいて、バロットと交換でもらったシニガンヌードルを啜《すす》っていた。ちょうど昼食の時間で、市場は賑《にぎ》わっていた。自分用のアイスキャンディをひとつだけ残し、十五ペソまでは使ってもいいと言われているから、ハタの皮をかりかりに焼いたものを買った。それからシニガンの屋台のうしろに座って、店主の女性と喋っているところだった。足下から突き上げられるような衝撃に驚いて息と一緒に勢いよく麺を吸ってしまい、喉に黄トウガラシの皮が張りついて咳き込む。女性は反射的に熱い鍋を摑んでしまい、悲鳴を上げた。鍋が落ち、うす緑のスープが赤茶けた土に染みこんでいく。その上に、丸ごと煮られたタマネギが溶け残ったように転がっている。自分の口の中と同じ味が地面にあると想像するとなんだかおかしく、あのへんを舐めればタマリンドの酸っぱい味がするのかな、と地面にしがみつきながら妙に冷静な考えをめぐらせる。向こうのほうで粥《ルーガウ》の屋台が音を立てて倒れた。それに触発されたように他の屋台も次々に倒れる。シニガンの屋台が軋《きし》みを上げながら揺らめいた。店主の女性と一緒に飛びつき、声を上げながら渾身の力を込めて抑える。市場の人々は一様にしゃがみ込み、指を突き立てようとするように地面を摑んでいた。タマリンドとココナツオイルの、鼻に絡みつくような匂いが漂っていた。火は、と誰かが叫んだ。返事をする者はいなかったがみな倒れた屋台の屋根の下を覗き込む。おばさん火は、とベニグノが大声で訊くと女性は、消えちゃったよ、と叫び返してくる。ガスは。散っちゃうよ。じゃあシニガンは。また作ればいいでしょそんなの。それはたしかにその通りだと思った。遠くから悲鳴が聞こえる。なんなんだよ、と誰かが叫んだ。揺れは次第に収まっていった。ゆっくりと全身の力を抜きながら、なんでこんな晴れてる日に、とベニグノの隣で女性が呟いた。

なんでこんな晴れてる日に、とベニグノは、その言葉を繰り返すように考えた。地震のあとは誰もバロットなんて食べたくないらしく、午後はまったく売れなかった。売れ残りを持って帰ると、地震のせいで学校が早く終わったロドリゴがいた。ロドリゴは、半分以上が売れ残ったバロットの木箱を見て激高した。「なんでこんなに残ってんだよ!」と叫んで木箱の蓋を取り上げ、ベニグノの頭に振り下ろす。反射的に腕を上げていたおかげで、その一撃は受け止められた。でも、がら空きになった腹に蹴りが跳んでくる。ベニグノは後ろ向きに倒れた。昼食の洗い物をしているマリアがちらりと振り向いて、「やめなよ」と小さな声で言った。幼稚園のころから成績のよかったロドリゴに、彼女は行商の手伝いをさせたことがない。彼はバロットやアイスキャンディがどのように売れるか知らなかった。作ったものはすべからく食べられるべきだし、そのためにすべて売れなければならない、と素朴に信じ込んでいた。だから許せないのだろう、とベニグノは、飛びかかってきた兄の拳《こぶし》を腹で受け止めながら思う。なんでこんな晴れてる日に、僕は殴られないといけないんだろう。鼻の奥がつんとした。出血してはいないけれど血のにおいがした。乾期でもないのにもう一週間も雨が降っていなかった。

「頭が悪いんだからせめて商売くらいはちゃんとしろよな」ロドリゴは吐き捨てるように言い、最後にベニグノの頭を蹴り飛ばして部屋に入っていく。青空学校ですら落ちこぼれたベニグノには言い返すことができず、よろよろと立ち上がって、痛む腹をさすりながら木箱やボックスを片付ける。

「大丈夫？　何個売れた？」と洗い物を終えたマリアが訊いてきた。

「バロット十二、キャンディ二十九」と早口に答える。「痛いよ」

「千ペソいかなかったのね、まあいいか」と手を出してくる。硬貨の入った袋と札束を渡すと、その中から五十ペソ紙幣を抜いて渡してくれた。「今日はもう休んでいいから。市場のみんなは大丈夫だった？」

「屋台はほとんど倒れたよ」とベニグノはポケットに手を突っ込んで答える。「シニガンの屋台だけは、僕も手伝ったから倒れなかったけど。怪我人はいなかったみたい」

「そう、よかった」とマリアはベニグノの頭を撫で、それでは足りなかったのか、床に膝をついて引き寄せ、抱きしめた。「よかった」

「ママは、大丈夫だった？」

「うん。パパも家にいて、いま空き地の様子を見に行ってる。ロドリゴは――」どうでもいいよ、とベニグノは遮ろうとしたけれど、マリアは「学校で転んで膝をすりむいてたけど、大丈夫だったよ」と最後まで言った。

ロドリゴがなぜ、いつから暴力を振るうようになったのか、ベニグノは憶えていない。でも一度だけ、理由を訊いたことがある。ベニグノはまだ青空学校に通っていた。週末には父と兄と三人でルクソン・ティニックに興じていた。はしゃぎながらジャンプする兄と目を吊り上げて殴りつけてくるロドリゴが同一人物なのが信じられなかった。だから平静なときのロドリゴにベニグノは訊いたのだ。なんでロドリゴは僕を殴るの、と。兄弟の部屋だった。昼間に家にいたからきっと休日で、ロドリゴは勉強をしていた。コンパスでノートに円を描いていた。マリアは寝室でシャネルのロゴを縫いはずしていたし、きっとパウリーノは酒を飲んでいたはずだ。「あ?」とロドリゴは片方だけ眉を上げて聞き返してきた。

「なんで僕を殴るのロドリゴ」と繰り返すとロドリゴはベニグノの胸を突き飛ばした。ベッドの上に倒れ込んだから痛くはなかった。「僕が何かした?」

「ああ、してるね」とロドリゴは低い声で言い、コンパスを握りしめて立ち上がった。タイ製のコンパスだったことをベニグノはいまでも憶えている。その後すぐに青空学校に通うのをやめたから、一度も使わせてもらったことはなく、触れたのはこの一度だけだった。ロドリゴがベニグノのタンクトップの肩のところを摑み、引き寄せる。もうどんな柄だったかも忘れてしまったけれどお気に入りの服だったから、ベニグノはその腕を殴るように振り払った。ロドリゴはこれで殴る名目ができた、とでも言いたげに唇の端を持ち上げる。「なんでかわかるか?」

「わからない」とベニグノは首を振る。

「おまえが存在してるのが気分悪いんだよ！」とロドリゴはコンパスを持った右手を振り上げた。ベニグノは跳び退こうとしたけれどベッドに足がぶつかって倒れ、反射的に身体を丸める。右の二の腕が殴られた、そう思ったけれどロドリゴの手が離れても痛みはまったく弱まらず、不思議に思って見ると、二の腕にコンパスが突き立っていた。なに、とベニグノは囁くように言う。あっ、とロドリゴは慌てた声を出し、それから低く、「おまえのせいだぞ」と言う。「おまえが避けたから刺さったんだ」

うん、とベニグノは素直に頷く。全身の意識が二の腕に吸い寄せられて何も考えられない。突き立っている場所は腕の外側で、コンパスの先端は見えなかった。それでも腕の中に埋まっている針が、肉を透かして見える気がした。闘鶏の始まるような時間でもないのに、どこかから男たちの雄叫びが聞こえてきた。鼻が詰まったように通らず、ベニグノは口で呼吸していた。息を吸い吐く音だけがしていた。

「返せ」とロドリゴが短く言って、ベニグノの腕からコンパスを引き抜く。痛っ、とベニグノは傷口を押さえた。鋭い痛みはその一瞬だけで、すぐにじんじんとした鈍い痛みに変わる。傷に当てた指を外して見ると、指先で血が小さな玉を作っている。「血、汚えよ」とロドリゴが言い、コンパスの先端についた血をベッドのシーツで拭う。それから指先を見つめて呆然とするベニグノに何か言おうとし、でも飲み込んで、舌打ちして部屋を出て行った。

家のドアが閉まり、兄が出かけていく足音が聞こえなくなってから、ベニグノは血がつかないよう注意しながらタンクトップを脱いだ。それから傷が隠れる半袖のTシャツを着た。部屋を出て両親の寝室に向かった。ドアが開いたのに気づいてマリアが振り返り、どうしたの、とイヤホンを外す。アメリカのヒップホップが漏《も》れ聞こえた。そのときはまだ、韓国のアイドルが島国に進出してくる前だったのだ。

「ママ、これ、汚れちゃった」とベニグノはタンクトップを差し出した。洗うから籠《かご》に入れといて、とマリアは言い、すぐに作業台に向き直る。ベニグノはその後ろをこそこそと移動して両親のベッドの上に乗り、マリアの化粧台の椅子に座った。鏡に右半身を映す。それから傷口を刺激しないようにそっと、袖を引き上げた。二の腕の真ん中に大きな黒点ができていた。角度を変えて窓から入る光に当てると、その黒点が赤紫色をしているのがわかった。ほくろのようだと思った。その時もまだ痛んでいたかは思い出せない。痛くないはずはない、と頭ではわかるのだけれど、記憶のなかでは太陽の光に照らされた赤紫だけが鮮明でそれ以外のことは、何も思い出せない。

いま、マリアの胸に包まれて、ベニグノはそっと左手を上げ、自分の右の二の腕に触れる。かさぶたも剝がれ、傷は完全に治ったけれど、ちいさな突起が残った。これまでに何度か、引っ掻きすぎて皮膚が破れ、また刺されたみたいに赤紫のほくろを作ったことがある。そうなればいい、とベニグノは思い、傷跡の突起に爪を立てる。でも手に力が入らなくて、皮膚は破れないままだった。

キッチンのテーブルの上で、マリアのスマホが鳴動した。彼女はベニグノから身体を離し、スマホを取り上げて耳に当てる。どうしたの、と言う声を遮って、パウリーノが何かまくし立てる声が、電話口から零れて聞こえた。マリアは短い問答のあとに電話を切り、スマホをテーブルの上に戻してベニグノを見下ろす。

「祠、倒れたんだって」

「祠？」とベニグノは二の腕に爪を立てながら聞き返す。その手を摑んで、やめなさい、と窘《たしな》めてから、マリアは頷く。

「そう、空き地の。地震で倒れたんだって」

「だってまだ出来てないのに。なんで？」完成していないものも壊れるのだということが、ベニグノには理解できない。「じゃあどうするの？」

「わからない。でもとにかく工事はしばらく中断だって。みんな教会に集まってるらしいから、行きましょう」とマリアはベニグノの手を摑む。「ロドリゴ！」と長男の名を呼びながら兄弟の部屋に向かう。でも、部屋のなかにロドリゴの姿はなかった。開けっ放しになっていた窓を見て、マリアはため息をつく。「あたしたちだけでも行くよ」と言われ、ベニグノは頷いた。

それから数日、祠は倒れたまま放置された。この地震では、唾をつければ治るようなちいさな傷を除いてひとりの怪我人も出なかったが、漁船が数隻流れ、生け簀のナマコがストレスで大量死して、しばらく村の収入が落ち込むことが予想された。いくつかの屋台は使い物にならなくなり、新しく作るのにも金がかかる。鶏も何羽か逃げた。自分の羽根を突つきすぎて禿《は》げてしまった鶏もいた。村のなかで怪我もせず持ち物もすべて無事なのは墓に暮らすエマヌエルとジェスくらいのもので、二人は安価な労働力として、島じゅうの村を飛び回っていた。

祠には、地震が起きないように、起きても被害がないように、という願いも託されるはずだった。その祠が、建設途中とはいえ地震に耐えられずに倒壊したことが、村の男たちには衝撃だったらしい。男たちの熱はあっけなく冷めてしまった。闘鶏場を壊した地震、ハクジンの恐怖、けっきょくのところ祠は、不安から解放されるために建てていただけなのだ。でも倒れたことで逆に、その不安の象徴めいた存在になってしまった。週末の闘鶏には鶏も客もほとんど集まらず、ちかくの島で大きな地震が起きたとき以来、数年ぶりに開催が中止された。

もともと闘鶏場の管理人にすぎなかったパウリーノが胴元をするようになったのは、先代の胴元が、闘鶏で大金を失った男に刺されて死んだのがきっかけだった。戦う鶏の飼い主は、対戦相手との合議でエントリー料を決める。相手が同意すれば現金ではなく借用書を賭けることもでき、犯人はそうして多額の借金をつくった。彼は闘鶏のファイトマネーで弁済しようとしたが、先代は彼のエントリーを断った。激高した犯人は鶏の脚から蹴爪をむしり取り、先代の胸に深く沈めた。ベニグノやグレッツェンが生まれるよりも前のことだ。男は逮捕され、今はボアクの刑務所にいる。それ以来、闘鶏場の管理人として先代のアシスタントをしていたパウリーノが、胴元の仕事を兼任するようになった。

それが起きた日もパウリーノは、場内の掃除や器材の整備を済まし、ひとり金網の中に立って、男たちが来るのを待ち構えていたはずだ。ベニグノはその場にはいなかったから、実際にどういうやりとりが為《な》されたのかは知らない。だから聞いた話を組み合わせて想像するしかない。でも誰に聞いても、最初に手を上げたのが、祠の建築にいちばん熱を上げていたポメルズである、というのは同じだった。

ポメルズは闘鶏場に着いたときからもう酔っていた。「なんだよ誰もいねえじゃねえか」と、もう最初の試合が始まっている時間なのに数人しかいない男たちに呼びかける。男たちは目を伏せた。「エントリーも三羽しかねえんだよ」とパウリーノが答えた。どうなってんだよ、というポメルズの声が、がらんとした闘鶏場のなかで反響した。胴元のパウリーノを除いて皆、ひんやりと静まりかえった闘鶏場にいるのは初めてのことだった。

「今日は中止だな」と腕組みをしたパウリーノが言う。男たちは頷いた。

「じゃあもう飲もうぜ」とポメルズは言い、手に提げていたヒネブラの瓶《びん》を掲げた。いいね、とパウリーノが答え、金網のドアを開けて外に出、事務室から濁った色のプラスチックのコップと、よく冷えたレッドホースの瓶を持ってきた。

男たちは金網の中、地面の上で車座になって瓶を開けた。宴会というには、大きな声で騒ぐのはポメルズだけで、ほかの男はまるで誰かが死んだあとみたいに静かに飲んでいた。言葉少なに、それぞれの家の被害を語り合う。土壁の一部が剝がれ落ちて、外から風が吹き込んでいた。その場にいた男たちは全員が祠の建築に関わっていたから、なぜ祠は倒れたのか、という話題になるのは自然な流れだった。そもそもの設計の不備か、柱を埋める深さが足りなかったのか。悪魔《ティクバラン》を封じ込めるための祠が崩れたんだから、もう野放しになっちまうな、とポメルズが軽口を叩く。それに続いて誰かが、祈りの強さが足りなかったんじゃねえの、と冗談めかして言い、誰も笑わない。彼は苦し紛れに、でもパウリーノ、おまえ、なんとかできなかったのかよ、と付け加えた。

「俺?」とパウリーノが驚いて言う。

「全部把握してただろ、近くに住んでたし、おまえがリーダーだったんだから」

「リーダーっていっても、ただ集まる時間決めてただけじゃねえか」

「それでも、だ。おまえがちゃんと様子見てれば倒れることなんてなかったんじゃねえか？」

なあ、と彼は誰にともなく言う。そうかもしれないな、と一人が頷いた。でもだからってパウリーノの責任じゃねえだろ、ともう一人が首を振り、責任とんのがリーダーの仕事だろ、と最初の一人が言い返す。パウリーノは鼻で笑って、「くだらねえ」と吐き捨てる。「『僕の責任じゃありません』って柱に刻んで、もういっぺん祠建てたらどうだ？」

パウリーノに飛びかかったのは、彼に絡んでいた男ではなくポメルズだった。予期していなかったからパウリーノは避けられず、拳はきれいに左頬をえぐった。持っていたコップが吹き飛び、金網に当たって地面に落ちたが、プラスチック製だから割れはしなかった。勢いよく立ち上がって睨み返すパウリーノの顔にポメルズはもう一発をたたき込む。パウリーノはその腕を捕まえて殴り返そうとするが、後ろから誰かに羽交い締めにされて動けない。ポメルズも腰を摑んで止められていたが振り切り、腕を取られて無防備なパウリーノの腹を爪先で蹴り上げた。飲んだばかりの酒が口からあふれ出す。後ろでパウリーノを羽交い締めにしていた男が彼を放り出し、他の男たちと協力してポメルズを取り押さえる。パウリーノは地面に崩れ落ち、口から糸を引いて垂れる酸っぱい液を拭いながら、もみ合う男たちを見上げていた。

祠の建設は正式に中止され、無傷の材木や釘が、崩れた屋台や土壁を直すのに使われた。空き地には五つの深い穴と亀裂の走った柱や折れた枝、それと、村人たちの願いが書き込まれたゴミだけが残った。闘鶏場での喧嘩から数日の間に、祠の倒壊がパウリーノの責任だ、という噂《うわさ》は村中に広がった。その噂が、パウリーノが祠を壊したのだ、と変化するのに、時間はあまり必要なかった。ベニグノが何か言われることはなかったけれど、バロットやアイスキャンディの売り上げが落ちた。闘鶏は二週続けて開かれなかった。そのせいで収入がなくなり、働こうにも村の中では仕事がもらえなかったから、パウリーノは墓場の二人と一緒に島内のほかの村に働きに行くようになった。

ロドリゴは変わらずに学校に通っていた。彼が進学を諦《あきら》めたサイエンスクラスには島全体から生徒が集まっているけれど、一般クラスには同じ村の子供しかいない。ベニグノは彼が教室の中でどういう立場にいるのか知らない。でもロドリゴが服を、遊びによるものとは違う汚しかたをして帰ってくることが増えた。そういう日は必ずベニグノを殴る。殴り返したこともあるけれど、成長期の始まった兄には歯が立たず、責めが激しくなるばかりで、やがて抵抗を諦めた。

ベニグノが部屋のベッドの上でマリアに借りたスマホを見ていると、ロドリゴが帰ってきたらしく、家の前の路地を駆ける足音が近づいてきた。ドアが開き、ロドリゴがベッドの足下にかがみ込む。その服が土ではない汚れ方をしていて、きっと殴られる、とベニグノは覚悟をする。

「これ使うぞ」と声をかけられて見ると、ロドリゴがベニグノの靴を振っていた。兄弟は靴を一足ずつしか持っていなかったから、それを使われるとベニグノは外に出られない。「文句あるか?」ベニグノは首を振る。ロドリゴは満足げにほくそ笑んで立ち上がり、背を向ける。何か言い返してやりたいけれど殴られるのは嫌だから、ベニグノは声に出さずに口だけ動かす。だめって言ったら殴って取るくせに。部屋を出たロドリゴが、ドアを閉めようとしてちらりと振り向いて、ベニグノの口の動きに気づいた。荒々しい音を立てて閉めたドアをすぐ蹴り開け、飛び込んでくる。土足のままベッドの上に乗り、身を引こうとしたベニグノの胸を踏んづけた。「てめえ今なんて言ったんだよ!」ベニグノは口をぱくぱくさせた。答えようとしても胸が押さえられて呼吸ができない。「おい何とか言えよベン、何様だよ」とロドリゴはベニグノの顎《あご》を蹴り上げる。その感触がいつもと違っていた。ベニグノは顎を押さえて痛みに耐えながら、胸の上に戻されたロドリゴの爪先を見下ろす。ロドリゴの靴が壊れていた。使い古されて壊れたのではなく人の手による破壊があきらかだった。爪先の部分は鋭利な刃物で切り取られ、靴下が嫌いなロドリゴの裸の足が露出している。ナイキのロゴが塗りつぶされて、紫色のペンで勃起したペニスが描かれている。同じペンで殴り書きされた文字は読み取りづらかったが「悪魔《ティクバラン》の子」と読めた。これは、と尋ねようとしたけれどベニグノの視線に気づいたロドリゴの足の裏が顔に降ってきたから何も言えなかった。「なんて言ったんだよ」と繰り返した声には力がなく、ロドリゴは強い声音でもう一度、「なんて言ったんだよ！」と叫んだ。

ドアが開き、マリアが飛び込んできた。「なにしてんのロドリゴ！」と駆け寄ってき、ロドリゴの身体を後ろから抱え込む。

「なにもしてないよ」とロドリゴがふてくされた声を出した。「こいつが小さい声でおれを馬鹿にしてたのが聞こえたから、叱《しか》っただけ」ロドリゴはおとなしくベッドから降りた。身体を起こすと肋骨が痛み、ベニグノはひきつけを起こしたように咳き込んだ。マリアはロドリゴから身体を離し、ベニグノが落ち着くのを待ってから訊いてきた。

「ベン、なに言ったのよ」くそみてえなことだよ、とロドリゴが割って入る。

「なにも言ってないよ」

「なにも言ってないならロドリゴが怒るはずないでしょ。なに言ったの」

「ロドリゴが、靴貸せって言うから別に、断らないでもいいよって言ったんだよ」とベニグノは考え考え答えた。「お好きなようにって」

「ならとっとと、大きい声ではっきりくっきりそう言えよ」とロドリゴが一歩踏み出し、ベニグノの頭を張る。「言わねえから殴られんだよ。ねえママ」

「そうね」とマリアは答え、ふと下を見る。ベッドの上からは死角になっていたけれどそこにはロドリゴの足が、破壊された靴があるはずで、それを見てマリアは顔をこわばらせた。「そうだね」と繰り返してから、「でも殴るのはだめ。ちゃんと言わなきゃ」と付け加えた。そりゃそうだけど、とロドリゴはベッドを蹴った。そうすることでベッドの下に靴を隠したのだとベニグノには解った。

「もともとはベンがはっきり言わねえのが悪いんだよ」

「それは、まあ、そうね。でも殴るのも悪い。お互いに謝りなさい」

「わかった。悪かったよベン」とロドリゴが手を差し出してくる。うん、と答えて握り返すと、ベニグノの小さな手を握りつぶそうとするように力を込めてきた。踏みつけられた胸やいつかの二の腕の痛みが蘇《よみがえ》り、ベニグノは声を出さないよう耐える。マリアは握手する二人を見下ろして満足げに頷き、あたしは仕事しなきゃ、と寝室に戻っていく。ドアが閉まると同時にロドリゴは手を振り払い、おらっ、と言いながらベニグノの鼻面を殴りつけてきた。ベニグノは悲鳴を上げたけれどマリアは戻ってこず、靴がないから寝室まで言いつけに行くこともできない。

ロドリゴはパウリーノの酒を盗んで飲むようになった。でも酒量が増えたパウリーノは常に酩酊していて、気づかない。マリアはそんな夫に呆れながらも、飲みたがったときすぐ出せるようストックしておくようになったが、一本や二本消えていたところで気にはしない。ただベニグノは、殴られるとき、時折むせかえるような酒の匂いが立ち昇るようになったからわかった。いきがって親の酒をちょろまかす兄に蔑《さげす》むような目を向けてしまい、その視線の温度に敏感に気づいたロドリゴに手を上げられる。兄が酒を盗んでいることをマリアに言っても、「飲まないとやってられないことだってあるんだよ、子供とはちがうんだ」とまるでパウリーノのことを言うように諭される。納得いかなくても母親にそう言われれば頷くしかない。

兄に殴られるとベニグノは空き地に来る。残された資材にもたれて座り、右腕をポケットに突っ込んで赤い玉を撫でながら、二の腕の傷跡に爪を立てて血を出す。血が乾いて固まりそうになっていれば乱暴に剝がす。湿った草いきれのなかに、自分の血のあつい匂いが立ち昇る。陽光に照らされた赤紫を見下ろしながら、いつまでも治らなければいい、と思った。

ベニグノとグレッツェンを石棺に座らせて、ジェスは足を肩幅に開いて立ち、顔の前で両方の拳を構える。小さく跳ねながらステップを踏む。「このリズムが大事、それで狙いを定めたら、目を離さずに、足を振り抜く！」と鋭く言って、腰くらいの高さの墓石に載せた空き缶を蹴り飛ばした。小気味よい音を立てて吹き飛んだ缶は低い弾道を描き、金持ちのものらしい、壁と鉄柵のついた墓のなかに消えていった。平《なら》された石の上を転がる音がし、壁にぶつかって静かになる。軸足をくるりと回転させて二人の方を向き、ジェスは両手を掲げる。なんとなく拍手してやると気持ちよさそうに微笑んで、大仰な礼をした。それから再びファイティングポーズを取って、シャドーボクシングを始める。シュッ、シュッ、と言いながら、墓石から這《は》い出した死者《ムルト》に取り囲まれたみたいに周囲の空間を殴りまくる。薄汚れたカーキのTシャツに描かれたマイケル・ジャクソンが、ジェスが身体を捻《ひね》るたびに踊る。

身体を使う仕事をしているからか、不摂生な暮らしをしているわりにジェスは体力があり、息が切れるのにも時間がかかった。肩を上下させながら墓石に座り、尻から潰《つぶ》れた煙草の箱を取り出した。火をつけて一口、二口うまそうに吸い、白い煙を光の中に吐き出した。

「いいか、二人とも。キックボクシングでやるべきことはたった二つだ。殴る、そして蹴る。これが全てだ。神髄だ」うん、と二人が頷くと首を振る。「オッスと言うんだ。日本のカラテの挨拶だ」

「オッス」と声を揃える二人を見下ろして、ジェスは満足げに頷いた。

ジェスに戦い方を教わろうとベニグノがグレッツェンを誘ったときには、彼女はもうエクエクを喪った悲しみを忘れていて、約束を思い出させるのに手間取った。躊躇うグレッツェンの手を引くようにして墓地に来ると、ジェスが一人で煙草を吸いながら本を読んでいた。「ハクジンに殺されたやつの妻が墓に置いたんだ。埋葬を手伝ったから、記念に拾ってきた」と差し出してくる。英語の新約聖書だった。ベニグノは、英語を喋ることはできるけれど、読むことはほとんどできない。グレッツェンが受け取って適当なページを開き、マルコ伝を読み上げるのを聞きながら、表紙に刻まれたtestamentと家にある聖書の表紙のmagandangが同じ意味なのかどうか、ぼんやりと考えていた。

「今日マニーは?」とグレッツェンが聖書を返しながら尋ねた。

受け取ってそこら辺に放り投げ、ジェスは「さあな、どっかで野垂れ死んでんじゃねえか」と下卑《げび》た笑い声を出す。「保護者じゃなし、知らんよ。それよりおまえら、なにしに来たんだ?」と訊きかえしてきた。殺人事件がつづき、地震があり、闘鶏場で喧嘩があった。不穏な空気が島を覆っているのは皆が感じていて、外出を禁じられている子供も多かった。だからジェスが疑問に思うのも無理はない。グレース、とベニグノは呼びかけ、隣でグレッツェンが躊躇いながら頷くのを確認してから、「戦い方を教えてもらいに来たんだ」とジェスに言う。それで三人の青空学校が始まった。

ジェスは二人を三フィートほど離れて向かい合って立たせ、ファイティングポーズを取らせた。手や腰を摑んで姿勢を調整し、手を叩いてリズムを刻む。「これに合わせてステップを踏むんだ」と言って、自分で実演してみせる。最初は手を叩きながら左右に身体を揺らし、それからファイティングポーズを取って、前後にステップを踏む。その動きを横目に見ながら、ベニグノはグレッツェンと目を合わせた。墓地に来るまでは乗り気でなかったわりにグレッツェンは真剣な表情になっていた。身体を動かすうちに、エクエクのことが思い出されたのかもしれない。ベニグノは唇を引き結ぶ。

　見よう見まねでステップを踏むうち、二人の身体の筋肉が動きに馴染んでいく。シュッ、と音を立てながらジェスが拳を繰り出した。グレッツェンが真似するように声を出し、拳を突き出してくる。届きはしないけれど気迫がこもっているように感じ、ベニグノは反射的に拳を引き上げ、防御姿勢を取る。それから自分も一発、グレッツェンとの間にある空気を殴りつけた。「オーケイ、その調子だ」といつの間にか石棺に腰かけていたジェスが、ライターの火石を擦りながら言う。何度か試してみても火がつかなかったらしく、舌を打って後ろに放り投げ、ポケットから新しいライターを取り出した。二人の身体が火照《ほて》っていく。顔が汗ばむのを感じる。日本製の煙草がふわりと香った。二人のステップに合わせてジェスがカウントする。一《イサ》、二《ダラワ》、一《イサ》、二《ダラワ》。そうしているといつまでも拳を振るえる気がする。ベニグノは高揚していた。自分たちが鶏のようだと思った。闘鶏場に引き出されて飼い主から尻を叩かれ、発破をかけられた鶏。前後に首を振りながら距離を取り、足の蹴爪で互いの喉を狙う鶏だ。ベニグノは知れず叫んでいた。声変わりも始まっていないのに低い声が出、そのことに自分で驚いてまた叫ぶ。グレッツェンも叫んでいた。気がつかない内に距離が詰まっていて、お互いの拳がぶつかりあった。二人は我に返って立ち竦《すく》み、荒い息を吐く。Tシャツの下の脇腹を冷たい汗が垂れていった。

うおおっ、と後ろから雄叫びがあがり、ジェスの身体が覆い被さってきた。太陽の光より熱い体温がベニグノの身体を包む。甘い煙草の匂い、それと垢《あか》と土埃の匂いがした。なんだよ、と抵抗すると身体を抱え上げられた。身体がふわりと宙に浮かんだ。口答えをしたせいでロドリゴに殴られた痛みがふと蘇り、不意にそら恐ろしくなった。でもベニグノの身体はジェスの力強い腕に支えられ、墓石の上に載せられた。いい感じじゃねえか、と機嫌の良い顔でジェスが言う。

「このまま続けりゃおまえら、その、ハクジンってやつにも勝てるかもな」

うん、とグレッツェンは上気した顔で頷いていたが、ベニグノは浮遊感の恐ろしさが抜けず、黙り込んだまま右腕の古傷を撫で、荒い息を吐いていた。

それから一時間ほど、ジェスが飽きるまでトレーニングをして、二人は墓地を後にした。熱帯の湿った空気の中では一度吹き出した汗が引くことも乾くこともなく、ベニグノはTシャツの袖で、グレッツェンはハンカチで、ひっきりなしに額を拭う。袖がめくれたときに二の腕の傷が露出し、それどうしたの、とグレッツェンが訊いてきた。

「ロドリゴがね」とベニグノは言う。ロドリゴから暴力を振るわれていることは、グレッツェンにはときどき話していた。「ちょっと怒らせちゃって」

「そうなんだ」とグレッツェンは眉をひそめた。嘘じゃない、とベニグノは心の中で言い訳をする。コンパスを刺してきたときロドリゴはたしかに怒っていた。ただそれが遠い過去の出来事だというだけで。でもまるでつい最近のことだったように話したせいか、ロドリゴの怒った目がいま、どこからか睨んできているような気がし、暑さとは違う汗が噴き出すのを感じた。


それから数日が経った。二人は今日も空き地に集まっていた。地震から一週間以上経ち、空き地の資材を持っていく者はもういない。使い物にならない枝や裂けたタープ、個人的すぎる願いが書かれているせいで誰からも敬遠された材木だけが残されていた。二人は材木に腰かけて、グレッツェンが家で描いてきた完成予想図を覗き込んだ。

祠を完成させよう、と言い出したのはグレッツェンだった。二人で毎日ここに来て、二人だけで作るんだ、と。闘鶏で負けてエントリー料を失い、ナマコも大量に死なせてしまったラモンと同じ家にはいづらいのかもしれない、と思って、ベニグノは何も訊かずに同意した。大人たちが建てようとしていたのとは違う、自分たちだけの祠。ベニグノとグレッツェンの不安と祈りのための祠だ。それじゃあなんの祈りを捧げよう、とベニグノが訊いて、二人は指を折って思いつくかぎりの願いを数え上げていく。村のみんなが無事で元気であるよう、養殖がうまくいってラモンが損失を取り戻せるよう、それとみんな闘鶏なんてやめちゃえばいい。けっきょくほとんどが大人たちの建てていた祠と同じもので、それにベンの、ロドリゴに殴られませんように、という祈りが加わった。じゃあ私、できあがりの絵を描いてくる、と帰ったグレッツェンが、やっとできたよ、と言ってきたのだった。大人たちの計画よりやや小ぶりなその建物は、完成すれば五フィートくらいの高さで、子供二人がかがみ込んで入れる大きさになるらしい。ベニグノはその説明より、予想図のそこここに書き込まれたメモが英語らしいことのほうが気になった。ひとつひとつの単語はlongとかsharpで、目にすれば理解はできるのだけれど、ずっと隣で育ってきた気がしていたグレッツェンと自分はもはや、心の中でつかう言語がちがうのかもしれない、と気づく。ベニグノがtakot《怖い》とかmasaya《楽しい》とおもうときグレッツェンはscaredとかexcitedとつぶやくのだろう。同じ感情なのに意思の疎通が取れない、怖れに似た感情が湧き上がってきた。ベニグノはポケットに手を入れ、赤い玉を撫でる。ささくれに引っかかるよわい痒《かゆ》みが、なぜか安心できた。

「これ何て意味?」とベニグノは、紙のいちばん上に書かれた、cathedralという文字を指さす。聖堂、とグレッツェンは答えた。大人たちが名づけた祠《shrine》ではなく、聖堂《cathedral》というあたらしい名前をつけることは、彼らが放り投げた祈りの場を完成させるのにふさわしい気がするんだ、と説明され、ベニグノは、無知だと思われるのが嫌だったから、あまり意味もわからないままに頷いた。

「どうやってこんなの描いたの？」とベニグノは重ねて訊く。グレッツェンは成績優秀かつ学費を納入できる家庭の子供だけが進級できるサイエンスクラスに通っているけれど、いくらなんでも十一歳から建築を学ぶことはないはずだ。するとグレッツェンはほくそ笑み、ポケットからスマホを取り出した。

「パパが買ってくれたんだ」

「なんで？」とベニグノは訊いた。ナマコ養殖のバブルは過ぎようとしているし、地震の影響で大量死してしまった。それにエクエクが死んだ闘鶏の日にパウリーノの取り分が多かったのは、おそらく村いちばんの金持ちであるラモンが、対戦相手のオカンポと張り合ってエントリー料を吊り上げたからだ。エクエクが負けて全額を奪われたのだから、ラモンには金はないはずだと思っていた。

「最近あぶないから」とグレッツェンは優越感を隠せずに上気した顔で言う。「持ってろって。いろいろできるんだよ」そう言って画面の上に指を滑らせる。ネットもできるし動画も、音楽も、そう言いながらとん、とん、とん、と画面を撫で叩き、すると突然大音量で音楽が流れ始めた。電子音の飛び散るイントロは聴き覚えのある、マリアのお気に入りのグループの代表曲だ。やめてよ、とベニグノは言ったけれどあまりにも小声だったから、すぐ近くにいるグレッツェンにすら聞こえなかった。

二人のうしろで森の下草が、がさがさと大きな音を立てた。身体をびくりと震わせてベニグノは振り返る。草むらのなかから、真っ黒な人影が飛び出してきた。グレッツェンはスマホにまだ慣れていないからか再生を止めるのに手間取って、彼女が顔を上げたときにはもう人影は二人の目の前に立っていた。マニー、とベニグノは掠れた声で言う。

「ジェスは？」とエマヌエルは詰問するように鋭い声で訊いてきた。「見てねえか？」

「どうしたの、マニー」とグレッツェンがスカートの中にスマホを戻して尋ねる。「ジェスがどうかしたの？」

「いねえのか」と質問には答えずに呟く。ベニグノは、汗と埃の匂いといっしょに、微かな血のにおいがすることに気づいた。もとの色が何かわからないくらい汚れた、村に流れてきたときからずっと穿いているようなジーンズに大きな裂け目ができており、その下の赤褐色の肌にあざやかな紅色の傷が走っているのが、空き地の光に照らされて見える。

「マニー、それ」と言うベニグノの視線を追ってグレッツェンも傷を見つけ、息を飲んで口を押さえる。

「ああ、やられた。ハクジンだ」と悔しげに言い、それから早口に続けた。「昼寝してたんだよ、墓で。暑かった。石棺はひんやりしてたけど。俺は寝てた」話しながら興奮して、エマヌエルは饒舌《じょうぜつ》になっていく。「でも陽が動いて日向に入っちまって、だから寝苦しかったんだ。でも動くのも面倒くせえし、身体の下の石は冷てえからいいやって思って、寝直そうと思ったた。目を閉じた。それでうとうとしてたらなんか気配感じてさ。足音が聞こえた。目を開けたら誰かが駆け寄ってくるところで。ナイフかなんか持ってるのがわかった、刃が光って。逃げようとしたんだ、俺は。ベッドの、いや棺の、そいつが来るのとは反対側に転がり落ちようとして、そしたらそいつがジャンプして、飛びかかってきて、棺に刃物を突き立てた。蹴爪《ボラン》だった。闘鶏の。そのときにかすめたのがこの傷だよ」そう言って足を指さした。長さは五センチほどで、近くで見ると何度も血を拭ったらしく、ジーンズの内側がくろぐろと染まっていた。

「それじゃあジェスは？」

「わからん」とエマヌエルは首を振る。「蹴爪を避けて地面に落ちて、立ち上がったときにはそいつはもう逃げてくところだった。寝る前は一緒にいたんだけどな。寝床にもいなかった。毛布とか荷物はそのままだったけど」

どうしたんだろう、とグレッツェンが呟いた。まああいつなら心配ねえだろうけど、とエマヌエルが言う。それについてはベニグノも同意見だった。ムエタイかキックボクシングか、本当のところはなんであれ格闘技を極めたのが嘘でないなら、ハクジンが刃物を持っているとしても負けるはずはない。覆い被さってきた身体の熱さと濃厚な日本製の煙草の匂いが蘇った。

「俺は他の村にも訊きに行ってみる。おまえらも、大人たちに訊いてみてくれ」

そう言われて二人は頷いた。素性の知れない流れ者であっても、地震で傾いた村を立て直すのに、手間賃と引き替えとはいえ協力してくれたジェスとエマヌエルは、もう村人たちにとっては隣人だった。だからジェスの行方不明を知ると大人たちは一様に顔色を曇らせた。彼らの脳裏に浮かんだのは全身をめった刺しにされ首の骨を折られて死んだビラヤの被害者のことで、引き締まったジェスの身体も無残に壊されてしまうのか、と想像は悪い方向に膨《ふく》らんでいく。

エマヌエルは三日後までに島中の村を回ったが、どこにもジェスはいなかった。ビラヤから一日に三便、州都であるボアクへの定期船が発着しているから、それに乗った可能性もある。そういえば地震以降、荷運びや土方の仕事が途切れなかったから小金はあるんだ、というのはジェスと同じように働いて懐を膨らませたエマヌエルの言葉で、ジェスは地震の特需で稼いだ金を持って島を出、またどこかへ流れていったのだろう、と大人たちは言い合った。エマヌエルと共に村の手伝いをしていたパウリーノを通じて、ベニグノは村のリーダーであるラモンとエマヌエルの会話を知った。

「あいつが俺に何も言わずにいなくなるはずがない」とエマヌエルは抗《あらが》うように言い張ったらしい。「半年も一緒に暮らしてたんだ、そんな薄情な奴じゃねえ」

「でもマニー、現にジェスは消えたじゃないか」とラモンが諭すように言った。「ジェスは良い奴だけど、あいつのために村の奴らを、ハクジンのうろついてる森のなかに行かせるわけにはいかない。そうだろ?」

「そうかよ」とエマヌエルは吐き捨てるように言い、再びジェスを探しに行ったらしい。その話を聞きながらベニグノは、ジェスに抱え上げられたときのことを思い出していた。ジェスの身体の熱、煙草の匂い、浮遊感。あのとき感じたそら恐ろしさは、きっと誰にも言わないほうがいいのだろう。村の子供の中で特にジェスと仲が良かったベニグノとグレッツェンは、ジェスはマニラに行ったのだから探さなくてもいい、と言い含められた。少し寂しくはあったけれど、酔うたびにマニラの話をしていたジェスはもしかすると本当はいつか首都に帰りたかったのかもしれない。

　ジェスを探そうとする者は、エマヌエルの他にはいなかった。アゴダとビラヤで殺された男たち、それに続いてエマヌエルが三人目の被害者であるならジェスは四人目であるかもしれない。隣人とはいえ流れ者の浮浪者にすぎないジェスのために村の外を歩き回り、むざむざと五人目になるのは誰だってごめんだった。

浮浪者が一人減ったところで村人たちの暮らしは変わらない。ストレスで死なせてしまったのは他の島も同じらしく、稚ナマコの値段が急騰していた。漁協は積み立て金を切り崩してハタの稚魚を共同購入し、古い資材を再び海に降ろして、昔ながらの養殖業を再開させた。事件を機に村の子供たちの間に携帯端末が普及し、ロドリゴもベニグノも、毎日のようにスマホを欲しがって、両親を困らせていた。

グレッツェンは空き地で、スマホを覗き込みながらベニグノに指示を出すようになった。触らせてもらったこともあるけれど、パソコンを使ったこともないベニグノには画面をスクロールするのが精一杯で、文字を打つこともほとんどできない。画面に表示されたキーボードの中から一文字ずつ探しながら入力するから、文を書き終わるころにはその文の主語が何だったか忘れてしまう。自分には歯が立たないのだと悟って、諾々《だくだく》とグレッツェンの指示に従うようになった。

グレッツェンの指示は、かつてマニラの建築現場で働いていたエマヌエルから言付けられたものだった。ハクジンの襲撃に遭い、ジェスのいなくなった墓地に居づらくなったのか、エマヌエルはよく空き地にやって来るようになった。そこで二人の子供が何をしようとしているのかを知り、協力を申し出た。ほんの気まぐれだ、と言いながら、雑役仕事の合間をぬって顔を出すくらい積極的で、ベニグノはなんとなく、グレッツェンとの二人の秘密に割り込まれたような気になる。それでもベニグノは、エマヌエルもジェスがいないのが寂しくて、聖堂を建てる手伝いをして気を紛らわそうとしているのかもしれない、と思い、そう思いつくともう、邪険にすることなんてできなかった。

たびたびグレッツェンのスカートの中から着信音が鳴り、そのたびに彼女は作業を中断して画面の上ですばやく指を滑らせる。それを見ながらベニグノは落ち着かず、赤い玉を弄《もてあそ》んだ。二人でいるのにグレッツェンはいつも他の誰かと繋がっていて、だとすると彼女がメッセージを打つ横でガラス玉を撫でる自分だけが一人だ。

「もうすぐマニーも来るって」とグレッツェンがスマホをスカートに入れて言う。「いまモニカのお父さん手伝ってたんだってさ」サイエンスクラスの同級生らしい。ベニグノは会ったことがない。そうなんだ、と小声で答え、材木の上に腰かけた。グレッツェンは隣に座り、スカートから皺の浮いた紙を取り出す。完成予想図にはグレッツェンだけでなく、エマヌエルもいくつか書き込みをしていた。ベニグノの筆跡だけがない。聖堂を作るのがまるで、グレッツェンとエマヌエルの二人が立てた計画のように思う。それなら自分はただの作業員だ。ポケットの中で赤い玉を転がしてささくれを探す。でも削れてしまったのか、どこにも見つからない。

「マニー、遅いね」とグレッツェンが、黙り込んだベニグノに退屈したように呟き、スマホを取り出した。

日曜日の闘鶏は、二週間の中断を経て再開した。でも、墓でエマヌエルが襲われて以来、子供たちが夜に外出するのは固く禁じられていて、ロドリゴすら闘鶏場に行かせてもらえなくなった。ふてくされたように毛布にくるまり、大きな鼾《いびき》を立てはじめる。肺のあたりを殴られたせいで息苦しくて、ベニグノは遅い時間まで眠れずにいた。出歩く人がいないからか夜の村は静かで、鳥や虫の声、遠くから海のざわめきが、それと幻聴みたいにぼんやりと、男どもの歓声が聞こえる気がした。もう一ヵ月ちかく前、グレッツェンと覗きに行ったときのことを思い出す。鶏たちの血、グレッツェンの身体の震え、ハクジンの恐怖から目を逸らすように熱狂する男たちの声。ベニグノはポケットからガラス玉を取り出して口にふくむ。ざらざらした表面も、舐めているうち唾液がまといついて滑りがよくなり、ほのかな甘みを帯びはじめる。しゃぶっていると際限なく唾液が出てくる。

何度も吐き出しては服で拭い、味が変化していくのを楽しんでいると、遠くからいくつもの足音が近づいてきた。闘鶏が終わったのだろう。足音は村の大通りから、家に繋がる路地に折れた。路地に住むのはせいぜい四家族くらいなのに、近づいてくる足音はそれより多い。ロドリゴの鼾がいつの間にか静かになっていた。足音に混ざって男たちの声が微《かす》かに聞こえる。てめえ何やってくれてんだ、それでいままでどんだけ俺らから巻き上げたんだ、詐欺師！　その合間にパウリーノの、違えよ、待てって、何の根拠があって言ってんだ、と弱々しく抗弁する声が挟まる。男たちの荒々しい足音が、家のポーチを踏み鳴らす。家ぜんたいが揺れる気がした。マリア！　と誰かが叫ぶ。両親の寝室の方から物音がし、母の足音が玄関に向かっていく。なに、子供たち寝てるんだから静かにしてよ。マリアがそう言っても男たちは黙らない。おまえの夫が不正をやりやがった、とポメルズの、酒に酔って呂律《ろれつ》の回らない声が言う。不正って？　ああ、見ろこのメール。ベニグノは身体を起こして、靴に足を入れた。

「ベン」ロドリゴが低い声を出す。「行くな」

「でも」

「俺たちが出ても何もできない」暗くて表情はよく見えなかったけれど、悔しげな声だった。

「どうすればいいの」とベニグノは囁く。ロドリゴは答えなかった。玄関では大人たちが言い争う声が続いている。しばらくの沈黙の後、クソッ、とロドリゴが吐き捨てた。

「耳塞いでろベン」

「なんで」

「いいから。俺も塞ぐから」そう言ってロドリゴはもぞもぞと動く。これでいくら稼いだんだよ、と誰かが叫ぶ。パウリーノも負けじと大声を張り上げた。おまえらが金返してりゃ俺のガキは——。彼の言葉は肉を打つ鈍い音とマリアの悲鳴に遮られた。ベニグノは毛布にくるまって耳を塞ぐ。兄に殴られ蹴られ続けてきた痛みが、痺《しび》れになって全身を覆う。どれだけ力を入れて耳を押さえても殴打する音は消えず、空気のふるえがベッドから身体に伝わってくる。自分が殴られているようだ、とベニグノは思う。村の男たちの憎悪が、ハクジンへのおびえが解放されて自分の身を打っているようだった。鈍い音が止まってからも空気はふるえ続け、それはベニグノが気絶するように眠りに落ちるまでやまなかった。

それが起きたのは、闘鶏が再開した日の、第四試合だった。片方の鶏が高く舞い上がって飛びかかり、その蹴爪《ボラン》が対戦相手の首をかすめた。傷は深くなかった。血が垂れすらしない、本来ならダメージにもならないような傷だった。それなのに鶏はよろめいて倒れ、数度痙攣して死んだ。蹴爪に毒が塗ってあるんだ、と言い出したのが誰かはわからないが、ほとんど無傷で死んだ鶏を目の前に聞くと、無根拠な主張でも説得力があるように感じられる。高揚した観客たちは勝った鶏の飼い主を取り押さえて身体検査をはじめ、スマホのメールフォルダのなかに、パウリーノとのやりとりが記録されているのが見つかった。それが決め手だった。

飼い主同士の合意によって、それぞれが用意してきた蹴爪を使うこともあれば、闘鶏場が貸し出しているものを使うこともある。控え室の棚に籠が並び、脚の太さによって分類して入れられているなかから、飼い主が自分の鶏に装備させるものを選ぶ。蹴爪にはそれぞれ番号が振られている。パウリーノのメールには、Bの籠の三番の蹴爪を使うといい、という文面がふくまれていた。縁起の良い数字を伝えただけだ、とパウリーノは主張したが、疑いに頭が染まった男たちに聞き入れられることはない。蹴爪や死んだ鶏の身体が調べられることもなかった。きっと彼らにとって、本当に不正がおこなわれていたかどうかはもはやどうでもよく、地震とハクジンの襲撃におびえるストレスのはけ口が欲しかっただけなのだろう。パウリーノは酔った男たちに袋叩きにされた。

彼は闘鶏の胴元や管理人の職を追われ、中断していた二週間と同じように、あちこちの村で雑用仕事を請け負うようになった。ロドリゴは学校に行くたびに道具をなくしたり身体のどこかに痣《あざ》を作ったりするようになり、やがて家から出なくなった。ベニグノは変わらず行商に出たが、毒が入ってんじゃねえのか、と言って誰も買ってはくれない。変わらずに接してくれるのはグレッツェンだけだった。闘鶏や行商の収入がなくなったかわりに、マリアは内職を増やした。ショーツにちいさなリボンを縫い付ける仕事だ。夫婦の寝室には海賊品のバッグとショーツがうずたかく積まれ、その真ん中に据えられた作業台でマリアは一日中、背中を丸めて針を振るう。それでも生活費とロドリゴの学費を払うと何も残らない。いつの間にかマリアがラモンと話をつけて、ベニグノは十二歳の誕生日から、ラモンの養殖場で働くことになっていた。

「だからもう、あんまりグレースと仲良くしたらだめよ」とマリアは言った。なんで、と問い返すと、「上司の娘さんになるんだからね。何かあったら大変だから」と言って背中を向け、作業台にかがみ込む。何かって何、と訊いても、もう答えてはくれなかった。グレッツェンは何も知らないらしく、ベニグノと接する態度は変わらない。でも前みたいに気軽に喋ることができなくなり、明るい空き地に二人でいても、会話はほとんど続かない。

非力な子供の腕でも、聖堂はかなり形になっていた。難しいところや腕力が必要なところはエマヌエルにやってもらったから、造りもしっかりしている。柱と柱の間にオレンジ色のタープを張ると、その下にあたたかな聖域ができたように感じられる。タープに書かれた祈りの言葉が見えた。事件が終わってみんなが平穏に暮らせますように、と英語の文を読み上げてくれたグレッツェンの声が耳に蘇り、ほんとうにその通りだと思う。ハクジンが捕まってジェスも帰ってきて地震もなくなって、パパの無実が証明されて、村を覆う不穏な空気も晴れて。ベニグノは踏みしめられて固くなった土に横たわり、祈りの言葉を見上げて祈る。裂け目から差し込む陽光に手をかざすと、赤褐色の肌が輝くようだった。

ある日、ベニグノが作業をしていると、空き地にロドリゴがやって来た。ロドリゴがここを訪れるのは久しぶりのことだった。少なくとも、大人たちが祠を建てはじめてからは、空き地に来たことはなかったはずだ。外に出るのも数日ぶりなのかもしれない。いつまでも雲がさすことのない空き地に足を踏み入れて、ロドリゴはまぶしげに目を細める。グレッツェンは学校に行っている時間で、ベニグノは一人だった。壁の骨組になる枝を、柱に麻紐で縛りつけているところだった。グレッツェンが下校するまでに腰の高さまで組み上げるよう言われていた。思うように作業が進まなかったところを邪魔されて、ベニグノは半ば睨むような目で兄を見る。

「なんだよ、なにやってんだよ?」とロドリゴは訊いてきた。「家にいないと駄目だろうが」

「ロドリゴはいいの?」とベニグノは言い返す。「パンティにリボンつけるの手伝えって言われてたでしょ」

「あんなつるつるの布、触りたくもない」とロドリゴは顔をしかめる。「おまえだって手伝ってねえじゃん」

「僕は来年から働くからいいんだよ」とベニグノはちょっと胸を張って言う。「ハタ育てるんだって、中国人に売るために」

「ハ、立派なお仕事だな」と言いながらロドリゴは移動して、材木の上に腰かけた。まだ十一歳の二人や老人のエマヌエルには重くて動かせなかった材木だ。足を開いて座った股の間から、男の子供が欲しい、と村の誰かが無記名で彫った祈りの言葉が見える。ロドリゴは、「ほら見ててやるから続けろよ」と言い、地面に置いてある枝を取り上げた。ベニグノは返事をせずに聖堂に向き直り、緩んでいた紐を引っ張る。

うしろから、枝を折る音が聞こえた。ほんの手すさびにやっているのだとは解っていても、枝の折れる音は暴力的で、ベニグノの全身に鳥肌が立つ。

「おまえさ、ベン。俺のいたクラスで噂になってたぞ」とロドリゴが折った枝を後ろに投げながら言う。「十一歳のガキのくせして女と暮らす家つくってるって」

「暮らすための家じゃないよ」とベニグノは振り向いて言う。「暮らすための家じゃない」そう繰り返しはしたけれど、それならいったい何のために建てるのか、ベニグノには説明できなかった。

「別になんでもいいさ」とロドリゴが笑って言った。「弟の恋路を邪魔するつもりもない。でもベン、もし完成したらさ、俺にも使わせてくれよ」

「どういうこと?」と訊きながらベニグノは柱にもたれた。柱がぐらつき、慌ててまっすぐに座り直す。「何に使うかも決まってないんだよ」

「使い道が決まればそれでいいし、決まらなくてもべつにいい。でも、時々俺にも使わせてくれ。家じゃなくて教室でもなくて、いられる場所が欲しいんだ」

ロドリゴが命令形でない言葉のつかいかたをするのが珍しくて、ベニグノは彼の顔を見返す。ロドリゴはベニグノから視線を逸らし、地面の枝の山から一本取り上げ、半分に折る。

「その枝、壁に使うから、折らないでよ」とベニグノが言うと、ああ、悪い、と言って、枝を後ろに放り投げる。

「で、どうだ。俺にも使わせてくれるか？　約束してくれるなら、俺も作るのを手伝ってやる。おまえとグレースだけじゃ、できないこともあるだろ。高いところとか重い物とか。どうだ？」

「駄目だよ」とベニグノは急いで答えた。作業に集中しているときは忘れていた汗が、今さら噴き出してくる。「駄目だ」と繰り返す。空き地に降り注ぐあつい日の光が、今日は疎ましかった。

「なんでだよ」とロドリゴは言い、枝を拾って折る。やめろよ、とベニグノは小声で言ったけれどそれを遮るように、「なんだよ！」とロドリゴが叫んだ。「おまえもそうやって俺を馬鹿にすんのか」と立ち上がり、ふたつに折れた枝を投げつけてくる。ベニグノは麻紐の玉を持ち上げて弾いた。でも枝に気を取られている隙にロドリゴが駆け寄ってきていて、視界の端から飛んできた拳に頬を打たれる。ベニグノは柱に後頭部をぶつけて崩れ落ちた。脳が揺すぶられて気持ち悪い。頬より後頭部が痛く、見上げた視界の中で聖堂が揺らいでいた。空がまぶしくて目を開けていられない。そこへロドリゴがやって来、太陽の光を遮った。数日前までベニグノの物だった靴が胸に乗る。呼吸が止まる。真っ黒なロドリゴの影の真ん中から、「おい」と声が、それから唾が降ってきた。拭おうとした手を蹴飛ばされ、麻紐の玉がどこかへ転がっていく。あとで探しにいかなきゃ、とベニグノは妙に冷静な頭で考える。あれはグレッツェンの金で買った物なのだ。

「ここは俺がもらう」

「なん、で」とベニグノは声を絞り出す。でもその問いには、ロドリゴは答えてくれない。

「今日からここは俺の場所だ。俺がここの王《hari》だ。大統領《president》だ」ロドリゴは、島の言葉と英語の両方で名乗りを上げ、命じる。「おまえはそれを完成させろ。王宮を建てるんだ」

　ベニグノは目に涙を浮かべて、ロドリゴの黒い影を見上げていた。空き地は、聖堂は、グレッツェンとの二人だけの聖域だったはずなのに、エマヌエルが割り込んで来、そしていま、ロドリゴに奪われようとしている。聞こえてんのか、と爪先で顎を小突かれて、ベニグノは頷いた。

「完成まで、たまに様子を見に来てやるよ」と満足げに言い、ロドリゴはベニグノの上から足を降ろした。影が退き、ベニグノの目が再び太陽に射られる。息が整い、胸の痛みが引いてもまだ、ベニグノは立ち上がれなかった。

その夜ちいさな地震が起きた。村人も鳥もみな寝静まっていて、起きているのは虫と、ベニグノだけだった。まんじりともできずに、暗闇のなか目を開けて、見えない天井を睨んでいた。ロドリゴの水っぽい寝息と虫の声と、村がほんとうに静まりかえっているときにだけ聞こえる波の音が聞こえていた。

その波音が、ふと止まった。それに続いて虫が黙り、一拍おいて、さっきまでよりもやかましく鳴きはじめる。遠くから微かな地鳴りが聞こえ、それに呼応するように家が軋んだ。そしてベッドが揺れはじめた。揺りかごに乗っているようなゆるやかな揺れだった。隣で眠るロドリゴが、ママ、と呟いて寝返りを打つ。木がざわめいていた。揺れに触発されたのか、ベニグノの腹が長く細い音を立てる。腹が減っていた。どこかの家でテーブルから木のスプーンが落ちたような音がした。ベニグノは毛布を頭までかぶる。自分の寝汗の匂いがした。息苦しくてすぐに毛布を降ろす。そのころには揺れは収まっていた。鶏も波もロドリゴも、何事もなかったかのように眠り、やむことのない音を立て続けている。

崩れてしまえばいい、とベニグノは唐突に思った。なくなってしまえばいい。祠か聖堂か王宮か知らないけれど、あんなもの、また地震で倒れてしまって、もとの空き地に戻ればいい。悪魔《ティクバラン》がやってきて女を犯し人を惑わすならそれでもいい、ハクジンが出ても人が死んでもどうだっていい、あんなもの、崩れればいいんだ。

ベニグノは耳を澄ます。でも、建物が倒れるときの轟音《ごうおん》はどこからも聞こえず、ただ虫と波が静かに鳴き続けていた。

昨夜地震が起きたことに、家族の誰も気づいていないようだった。あまり眠れなかったから昼になってもまだ眠く、ベッドで寝返りを打っていると、ロドリゴが部屋に戻ってきて追い出された。俺の王宮を作ってろ、と言って、部屋から逃げ出そうとするベニグノの尻を蹴飛ばす。ベニグノは黙って外に出た。

路地を抜け、村の大通りに出た。市場の方から喧噪《けんそう》が聞こえる。昼を過ぎて、市場で働く者たちが昼食をとる時間帯だ。余った食材で作ったぱさぱさの炒飯や煮詰められてしょっぱくなった粥《ルーガウ》を、バロットと交換して食べるのがベニグノは好きだった。大人たちはいつも彼が腹いっぱいになるまで食べさせてくれた。もう僕は一生あそこには行けないんだ、とベニグノは絶望的な気持ちになる。墓場に行こうかとも思ったけれど、エマヌエルの傷跡の鮮やかな赤が思い出され、結局彼の足は空き地に向かう。青空学校でも落ちこぼれて、部屋からは追い出され、市場では詐欺師の息子と指さされ、どちらにしたって今のベニグノに、そこ以外の行き場所などないのだ。

空き地に近づくにつれて、普段とは様子がちがうことがわかってきた。柱がなくなっていたのだ。昨日まではたしかに天に向かって、降り注ぐ陽光に抗うように立っていた柱が倒れている。地面に埋める深さが足りなかったところに、昨夜の地震で揺さぶられたのが原因らしい。ベニグノは昨夜の揺れを思い出す。ベッドに横たわっていたからこそ気づけたけれど、それでも太く強い柱が倒れるほどの揺れではなかったように思う。だからベニグノは、奇跡が起きたのだと思った。いや、そうじゃない、悪魔《ティクバラン》だ、とすぐに訂正する。悪魔が来てくれたのだ、と。

ベニグノは急ぎ足で空き地に入る。柱の足下の地面が蹴り上げられたように乱れてい、そこに黒い人影がうずくまっていた。背中には軍帽をかぶったマドンナの顔が、銀色の塗料でプリントされている。足音に気づいて、人影はゆっくりと振り返った。ベンか、と酒に焼けた声で言う。

「マニー」とベニグノは言った。「なにやってるの?」

「見ろ、聖堂が崩れた」とエマヌエルは立ち上がり、倒れた柱を示す。その周囲に、折れた枝や裂けたオレンジのタープが散乱している。「俺が来たときにはこうだった。理由は——」

「地震だよ」とベニグノは遮るように短く答える。それからエマヌエルに聞こえないよう、悪魔だ、と囁く。

「そうなのか？　俺は気づかなかった。小さい揺れだったんだな。でも聖堂は倒れた。ベン、なんでだと思う？」

「わかんないよ、そんなの」

「見ろ」とエマヌエルは柱が埋まっていた穴の中を指さした。ベニグノは近づいて、指の先を覗き込む。「何もないだろ？」

「そりゃ、倒れたからね」ベニグノには何が悪いのかわからない。

「違う、本当はここに、石がないといけないんだよ。柱を埋めるのに、地面の中で重さを支えるために、土台を入れとかないといけない。それがなかった」

「でも、倒れてたのをそのまま刺しただけなのに」

「たぶん村の誰かが持ってったんだろう。何か壊れたものを直すのに、穴の中から拾って行ったんだ。だからもともと不安定だったんだよ。地震があったとしてもそれは、せいぜい最後のきっかけ、って程度だろうな」

地震のせいでも悪魔の仕業でもなく聖堂は、ただベニグノとグレッツェンのちいさなミスのせいで倒れたのだった。「そうなんだ」とベニグノは俯いた。悪魔避けのため、という目的が、子供たちに聞かせる方便にすぎない、ということは、ベニグノにもなんとなく解っていた。目的が何であれ、村が良くなるために建てていたはずだ。それなのに男たちが建てようとした祠は倒れ、ベニグノとグレッツェンが再建していた聖堂も崩れた。そして村には悪いことが立て続けに降りかかった。地震が起きてパウリーノが殴られエマヌエルが襲われジェスが姿を消した。きっと、とベニグノは思う。もう一度はじめたって、きっと倒れてしまう。ベニグノにはもう、どうすればいいのかわからない。

エマヌエルは立ち尽くしているベニグノを見て、困ったように肩をすくめた。「ま、仕方ねえよベン、また仕切りなおしだ」と背中を向け、再び瓦礫《がれき》のなかにかがみ込む。

「仕切りなおしってマニー、なにしてるの?」とベニグノは我に返って訊く。

「なにって、瓦礫を分別してるんだよ」

そう言われて見ると、エマヌエルの左右に、枝や布が二つの山を作っている。エマヌエルは崩れたなかから一つ一つ部品を拾い、ためつすがめつして左右に投げ分ける。

「折れたり破れたりしたものもある。だからこうやって、まだ使えるものともう使えないものをより分けてるんだ」と言い、折れ曲がった釘を左に投げる。「原因が何であれ、これで弱くて危険な素材がわかったから、まあよしとするさ」

エマヌエルは鼻歌混じりに作業をしている。その背中がベニグノには気持ち悪かった。「もういいんだよマニー」とベニグノは言う。

「なにがだよ」

「もう二回も崩れちゃったんだから終わりでいいんだよ」なんでマニーは平気なんだ、と、口に出さなかったけれど言った。ハクジンは未だに見つからないしジェスは行方不明で、六十歳を過ぎても墓場で暮らすエマヌエルに、幸福な老後なんて望めない。「また建てたって崩れるんだ、無駄なんだよ」父は闘鶏場から放逐されるし兄の暴力はやまない、グレッツェンと建てようとした聖堂は崩れ、それなのに平気な顔でまた最初からはじめよう、なんてベニグノにはできない。「だからもう諦めようよ」言いたいことはいくらでもあるのに言葉は、少ししか出てこなかった。なんでわかんないんだよ、とベニグノは、ポケットに手を入れて赤い玉を撫でながら、最後に小声で付け加える。

エマヌエルは、縦に裂けた枝を左に投げようとしたところで動きを止めて、ゆっくりと振り返った。口が開き、でも何も言わずに閉じる。陽光のあつさを憾《うら》むように空を睨み、それからまたベニグノに視線を戻した。殴られる、とベニグノは思った。そういえばロドリゴも、弟を殴るときこんな顔をしていた、とふと思い出す。

「説教するわけじゃねえけどなベン」とエマヌエルが、腹から零れ出そうとするものを抑えるように低い声を出した。「一回建てはじめたなら、そう簡単に放り出すもんじゃねえよ」だって、と抗弁しようとするのを遮って続ける。「そうやって諦めるもんじゃない。崩れたらまた建てればいい。なあベン、そうやって人は生きてきたんだ」そう言って手に持っていた枝を使えない資材の山に投げる。ベニグノは、裂けたくらいならまだ壁の骨組にできるのに、と惜しく感じ、そう感じてしまったことに、自分がまだ聖堂に未練を抱いていることに嫌気がさした。

反応を窺《うかが》うようにベニグノの目を見つめていたエマヌエルが、ふと視線を外した。何もない虚空を、そこに降る光のカーテンを見つめながら、照れくさそうに頭を掻く。

「ハ、しちまってんな、説教」と言って瓦礫のなかに向き直り、「ほら、おまえも手伝えベン」と言った。

うん、とベニグノは立ち上がる。エマヌエルの背中でマドンナが揺れていた。ベニグノは一、二歩近寄ってマドンナの目の前に立ち、扇情的に細められたふたつの目を、両手で思い切り突き飛ばした。わっ、と叫びながらエマヌエルはつんのめり、瓦礫に手を突いて身体を支える。痛っ、と押さえた右の手のひらに、曲がった釘が刺さっていた。赤紫に錆《さ》びた細い金属がエマヌエルの薄汚れた手のひらから伸びてい、その根元にじわりと、どす黒い血が滲んでいた。貫通はしていないようだった。エマヌエルは瓦礫の上に身体を丸めて唸っている。あ、ごめん、とベニグノは言った。

「なにすんだよ！」とエマヌエルが叫び、勢いよく身体を起こして、無事な方の手でベニグノを突き飛ばす。ベニグノは尻餅をついてすぐに立ち上がり、てめえベン、と指さしてきたエマヌエルと睨み合った。その手を蹴り上げようとしたが空振りし、逆に足を摑まれて、ベニグノは頭から地面に落ちた。仰向けになったベニグノを見下ろしながら、エマヌエルは釘の突き立った手をさすり、クソッ、と粘っこい唾を吐く。「なんだってんだよ」ベニグノは勢いよく起き上がって、右手を殴りつけた。エマヌエルは悲鳴を上げる。殴る、蹴る、それが神髄だ、というジェスの声が蘇った。ベニグノはファイティングポーズを取る。でもエマヌエルはそれには応じず、このやろ、と短く罵ってベニグノの腹を蹴り上げた。膝が崩れてうずくまる。口から酸っぱい唾が飛び出した。えぐられたように痛む腹を押さえて見上げると、くそやろう、と叫びながらエマヌエルが逃げていくところだった。空き地に降り注ぐ光の中を、銀色のマドンナがきらめきながら離れていく。森の中に駆け込む瞬間、分厚い唇が光を照り返して輝き、それがベニグノの目を射た。ベニグノは唾を吐き散らしながら咳き込む。がさがさと足音が遠のいていった。

しばらく経っても身体の火照りは引かない。対峙しているときは薄れていた五感が戻ってき、背中に照りつける陽光の熱さや草いきれの匂い、それとエマヌエルの血の、錆のような残り香が鼻を突いた。なぜエマヌエルを突き飛ばしたのか、自分でもわからなかった。ただもう一度同じ状況になったらきっと僕は突き飛ばすだろう、と確信にも似た思いがある。それが悪いことだとも思われなかった。

ようやく咳が収まってもまだ口の中には胃液の味が残った。ベニグノはガラス玉をポケットから出した。いびつな球体が光を反射するのを見ていると、しゃぶった時の甘い味が蘇るような気がした。そこへ道のほうから、ゆっくりとした足音が近づいてきた。ベニグノは背中を丸めて俯いたまま、道の方を見やる。あ、ベンいたんだ、と言いながらグレッツェンが入ってきた。真っ白なブラウスと灰色のプリーツスカート、学校の制服を身につけていた。彼女が近づくだけで甘いにおいが鼻をくすぐるようだった。

「どうしたの座り込んで」べつに、とベニグノは吐き捨てるように言う。ふうん、とグレッツェンは言い、ベニグノの後ろを見やってようやく、聖堂が崩れていることに気づいた。口に手を当て、息を飲む。「どうしたのこれベン、何があったの?」

「うるせえよ」とベニグノは口の中で唸る。グレッツェンには聞こえていないようだった。

「マニーに相談しなきゃ。土台からマニーにやってもらえば、ちょっとは強くできるよね」

「うるせえよグレース」とベニグノは少し大きな声を出す。グレッツェンも聖堂の再建を疑っていない様子なのが信じられない。

「うるせえって何よベン」

「もう終わりなんだ。ここはもう僕たちの場所じゃないんだ」と言ってベニグノは立ち上がった。どういうこと、と戸惑うグレッツェンに飛びかかり、胸を突き飛ばす。突然の暴力にグレッツェンは悲鳴も上げられずに尻餅をつき、ぽかんと口を開けてベニグノを見上げる。ベニグノも、大人みたいにふくらみはじめた胸の感触に驚いて、自分の手の平を見下ろして固まった。

驚きが追いついてきて怒りに変わり、「なにすんのよ!」とグレッツェンが叫ぶ。立ち上がってベニグノの肩を突き、それから思い出したようにファイティングポーズを取る。一度きりとはいえジェスに教わった戦い方は、彼女のなかに染みついている。いきり立つグレッツェンをベニグノは見やり、屈んで、足下に落ちていた枝を取り上げた。振り上げるとグレッツェンは悲鳴を上げ、構えを解いて身体を丸める。ベニグノは枝を落として、その腰を蹴り上げた。鈍い音がし、意外と重いグレッツェンの身体が跳ねる。反射的に腰に手をやって、頭ががら空きになった。でもそこを殴るのは酷《ひど》い気がして、代わりに肩を殴る。グレッツェンが数歩よろめく。飛びかかって肩を押さえ、何度も足を蹴り上げた。うわ、いや、と呻きながら逃げていくグレッツェンに追いすがり、何度も何度も蹴りつけ、距離ができると殴り、空き地の入口のほうまで押しやっていく。やめたほうがいい、というのは自分自身でも解っていたけれど、一度動き出した身体を止めることはできなかった。

二人はもみ合うようにして空き地から出、道との境目でグレッツェンの腰が砕けた。何かに躓《つまず》いたのかもしれない。彼女は悲鳴を上げながら倒れた。ベニグノは肩で息をしながら彼女を見下ろす。グレッツェンも倒れ伏したまま喘《あえ》ぎ続けている。

「もう終わりなんだよ」とベニグノは荒い息を吐き出した。何が終わりなのか、自分でもよくわからなかった。

グレッツェンは這いずってベニグノから距離を取り、道の反対側でようやく立ち上がった。ブラウスもスカートもすすけた茶色に汚れていた。上目遣いにベニグノを睨みつけ、何か言いたげに口を開ける。謝ろう、とベニグノは不意に思った。でもお互い無言のままで、何も言えずにいるうちに、グレッツェンは駆けだしていた。ベニグノもそのあとに続いて空き地を出た。絶対にグレッツェンに追いつくことのないよう、ゆっくりと歩く。路地に入り、家に向かう。エマヌエルを排除して、グレッツェンを追い出して、あとはロドリゴさえいなくなれば空き地は、ベニグノのものだ。そう思ったけれど家にロドリゴはおらず、ただマリアが大音量で韓国のポップソングを流しているだけだった。ベニグノは彼女に気づかれないように部屋に入り、ベッドに横たわった。ポケットに手を入れ、ガラス玉を探す。でも見つからなかった。きっと空き地で落としたのだろう、と思い、でも探しに行く気にはなれず、やがて眠りに落ちる。ひどく寝汗をかいた。

いじるのを忘れているうちに右腕の傷は瘡蓋《かさぶた》になり、乾いていた。痛みを感じながら剝がしてみたけれど、うっすらと赤い皮膚が再生していて、そうなるとまた爪を立てて穴を開けるのが億劫《おっくう》になってしまった。エマヌエルに蹴られた腹を押せば痛むから、それで満足していた。三人が密かに聖堂を建てていたことも、それが一夜にして崩れたことも、いつの間にか大人たちに知られていた。最近行かないね、とマリアに心配するように言われ、もう終わったんだ、とベニグノは感情のこもらない声を返す。さほど興味もなかったらしく、「あそう」とマリアは言って、ショーツの山から一つ取り上げる。「グレースとは？　うまくやってる？」

「仲良くするなって言ったのはママじゃん」

「絶交しろって意味じゃないわよ。あんまり近すぎちゃいけないけど、仲良くしないといけないでしょ。ボスの娘さんになるんだから」

ベニグノには母の言っている意味がわからなくて、ふてくされて口をつぐんでしまった。だから聖堂を建てようとしていたことがどこから知られたのか、わからないままだった。

聖堂の瓦礫は、パウリーノの手ですべて撤去された。ラモンから請け負った雑用仕事の一環だという。でももともと祠建設の責任者だったからって、ガキの小遣い程度まで値切られた、と酒を飲みながら愚痴《ぐち》る。まだ乾ききっていないからその場で燃やすこともできず、てごろな大きさに切って薪《たきぎ》にしたのだという。勝手に聖堂を建てようとしていたのを咎《とが》められることはなかった。エマヌエルの怪我は空き地ではなく他の村の手伝いをしているときに負ったものだということになっていた。空き地に来なくなったベニグノを心配している、ということもパウリーノから伝え聞き、ベニグノは彼が何を考えているのか解らず、その底知れなさに怖気《おぞけ》が立つ気がした。

瓦礫が撤去された空き地は、掘り返され、踏み固められた茶色い土が露出していた。そのなかに使い物にならない木屑《きくず》や細い枝が散らばっていた。でも二、三日のうちに熱帯の雑草が繁茂し、五日も経てば元のあおあおとした空き地に戻った。パウリーノが残していった大きな灰色の石ころが、神聖な石碑ででもあるかのように光を浴びていた。ただ森の中に陽光降りそそぐ空き地があり、そこにごろっとした石が置かれている、祈りの場というのなら、きっとそれだけでじゅうぶんだったのだ。ベニグノはそう思った。

ベニグノはガラス玉を探しに、毎日のように空き地に通った。エマヌエルもグレッツェンも空き地に来ることはなく、ベニグノも墓場や市場には行かなくなったから、二人と会うこともなくなった。ときどきマリアやパウリーノから二人の噂を聞かされることはあるけれど、右から左へ聞き流す。二人に暴力を振るったことが漏れたのか、それとも未だに詐欺師の息子という悪名が消えずに残っているのか、たまにすれ違う村人はベニグノを見ると表情を曇らせ、道の反対側を歩きすぎる。すれ違ったうしろから、ひそひそと囁きが聞こえる。言葉は聞き取れないけれど声音に潜められた悪意は聞こえ、ベニグノは唇を引き結んで村はずれを目指した。ひとりになった空き地に、石を枕にベニグノは横になる。光が降り注いでき、全身が熱を帯びるけれど汗は出ない。ただ外で走り回るだけで幸福だった子供のころに戻れるような気がした。でも一人ではルクソン・ティニックもできない。ベニグノは寝転がり、身体がこわばりそうになると歩き回ってガラス玉を探す。

見つかったのは七日後のことだ。探しているときではなく横になっているときだった。寝返りを打った腹が石碑のように置かれた石ころを踏み、痛みにひとしきり喘いでから、ふと思いついて石をどけてみると、その下に懐かしい紅色が埋まっていた。ベニグノは石を放りだして歓声を上げる。ガラス玉を掘り出して手の平に載せ、こびりついた土を払う。唾をつけた指で拭いシャツの裾《すそ》で磨いてやると、すぐにもとの輝きを取り戻した。口に入れようとも思ったけれどさすがに一週間地面に埋まっていたものをすぐ舐めるのは躊躇われ、ベニグノは時間稼ぎをするみたいに、投げたばかりの石を拾いに行った。元の場所に戻そうとしたとき、ガラス玉が埋まっていた小さな丸い穴の隣に、鈍色に輝くものが見えた。
掘り出してみるとそれは、闘鶏の蹴爪《ボラン》だった。そんなもの、すくなくとも、聖堂を建てているときにはなかったはずだ。ベニグノは蹴爪の土を払う。まだ落ちてから長くないらしく、すぐにでも鶏の首を落とせそうなほど鋭く、空き地に降る太陽の下でぎらついている。先端を突ついてみようかとも思いついたけれどふと、蹴爪に毒が塗ってあるんだ、という、実際に聞いたわけでもない男の声が聞こえた気がし、手が止まる。ほんのかすり傷で鶏を殺すような恐ろしい凶器を持っていることが思い出され、ベニグノは反射的に蹴爪を放り投げた。下生えの中に飛び込んで、もう見つからない。誰かの視線を感じて振り向いたが、空き地には誰もおらず、ただ日が、さんさんと照りつけているだけだった。

自分以外にも空き地に通っている人がいるかもしれない、と思ったのは、蹴爪のことだけではなく、空き地に入ったとき、知らない人間の残り香のようなものを感じるようになったからだ。燻《いぶ》された香木のような甘やかな、嗅いでいるうちに熱帯の湿った風に散らされてしまったけれど、どこか懐かしさを感じる匂いだった。ハクジンかもしれない、と思ったけれど、殺されるのならそれでもいい、とも思う。どうせ家にも市場にも居場所のないベニグノは、空き地に来るしかないのだ。

空き地で横たわってベニグノはまどろみ、時にはそのまま眠りに落ちることがある。炎天下の午睡《ごすい》は浅く、ほとんど夢も見ないまま寝汗のつめたさに飛び起きる。そうやって一日を潰して、逃げ去るように家に帰る。毎日がその繰り返しだった。

蹴爪を見つけてから三日後のことだった。眠りに落ちかけていたベニグノの意識が、空き地の前の道を近づいてくる足音に引き戻され、目を覚ます。目蓋《まぶた》のなかのうす闇に慣れた目が、真昼の陽光に射られて眩《くら》む。真っ黒な人影が空き地に入ってくるのが、白く染まった視界の中に見えた。黒い野球帽の庇《ひさし》が影を落としていて顔は見えない。「ジェス？」とベニグノは呼びかけた。根拠があったわけではなく、もしかしたらジェスであれば、この島で唯一、いまも親しく喋れるかもしれない、と思ったからだ。でも人影は答えなかった。唸り声を上げ、歩み寄ってきた。ベニグノは弾かれたように立ち上がり、口の中で呟く。ハクジン。急に立ったから目眩《めまい》がして、視界の中を銀色の粉が舞った。人影が言葉をかけてきた。島の言葉でも英語でもない、東アジアのどこかの響きを帯びた言葉だった。ハクジンだ、とベニグノは確信する。ハクジンの言葉だ。

人影が飛びかかってきた。ベニグノは未だ据わらない足を踏みしめて迎え撃つ。ジェスに教わったファイティングポーズを取った。右、左、右、左、ステップを踏む。一《イサ》、二《ダラワ》、一《イサ》、二《ダラワ》。人影は戸惑ったように立ち止まり、すっと両腕を上げ、同じポーズを取った。キックボクシングでやるべきことはたった二つ、殴る、そして蹴る。これが神髄だ。オッス、とベニグノは呟いて拳を繰り出した。でも必殺のパンチは難なく受け止められ、リーチの長い相手の拳がベニグノの肩を襲った。左腕全体が痺れ、ガードが落ちる。慌てて跳び退き、人影を睨みつけた。空き地に入ってくる前からそうだったのか、人影は鼻から下に黒い布を巻いていた。唯一露出した目は赤く充血して、目尻に鶏の足跡のような皺が寄っていた。ジェスに似ている気もするし、まったく違う顔のような気もする。ジェスはどんな顔をしていただろう、と考えても、思い出せるのは墓地で後ろから覆い被さってきたときの熱さと、抱え上げられたときのそら恐ろしい浮遊感ばかりだ。

うおおっ、とベニグノは、声変わりもしない高い声で叫んだ。右、左、と殴りかかってもすべて受け止められる。男の喉の奥から、くくっと音が漏れる。睨みつけてやっても目だけでは、何を考えているのかわからない。キックボクシングの神髄が通用しないことがわかり、ハクジンにも勝てるって言ってたじゃん、とジェスに裏切られたような気分になった。それでもベニグノは、ジェスから教わった以外の戦い方を知らない。ベニグノは一歩退いて距離を取る。男との間に、石が落ちていた。空っぽになった空き地にいつからかあった、石碑のような石。ベニグノのガラス玉をその下に隠していた石だ。ベニグノは小股に一、二歩助走を取って、その石に足を掛ける。ちょっとぐらついたけれど構わずに踏み切り、跳び上がった。闘鶏場で舞い上がる鶏のように、ゴクーに向かって最期の飛翔をしたエクエクのように、ベニグノは男に飛びかかる。喉から声が漏れていた。島の言葉でも英語でもなく、きっとエクエクの断末魔に似た声だ。殴るか蹴るかも決めずに跳んだから、まるで体当たりをするように、身体を丸めて男に向かっていく。

でも男は、罵りらしい短い言葉を投げながら、かんたんにベニグノを受け止めた。十一歳のわりに大柄なベニグノの身体は男にぶち当たるでもなく、避けられて地面に落ちるでもなく、空中で受け止められ、男の腕の中、プリンセスのように横抱きにされた。日本産の煙草の匂いが、ふわりと立ち昇った。男はハクジンの言葉で何かを叫んで、ベニグノの身体を抱え上げ、空に向かって掲げる。ベニグノはいちばん高いところで抵抗もできず、いっぱいに降り注ぐ陽光を全身で受け止めた。光の散乱に目を射られ、ベニグノの視界が白く染まり、何も見えなくなる。自分が供物であるように感じられた。このまま天に行くんだ、と不意に思った。天に捧げられて、この島とは違う場所に、別天地《ランギト》に行けるのだ、と思った。それなら男は、ついに建つことのなかった聖堂の司祭だ。ベニグノの喉から声が漏れる。それは喜びの声だった。

「ベン！」

突然遠くから、大きな声がかかった。光のなかの陶酔から急激に引き戻される。背中の下を支えていた男の手がふっと消え、ベニグノは落下した。七フィートちかい高さから地面に叩きつけられ、息が止まる。男の足音が森の中へ走り去っていく。ベニグノは喘ぎながら痛みにのたうち回った。ベン、ともう一度声がかけられ、道の方から別の足音が駆け寄ってきた。薄く目を開けるとすぐ近くにロドリゴの顔があった。ベン、とみたび、安堵に緩んだ声で呼んでくる。無事だったか。優しい声だった。

「ロドリゴ」とベニグノは呼び返した。自分の声も安堵に緩み、甘えるような音を帯びているのがわかる。「助けに来てくれたの?」どんなに暴力を振るっても兄なのだ、やっぱり自分が危険なときは助けに来てくれるのだ、とベニグノは思い、この感謝をどう言葉にすればいいかもわからず、結局それきり黙り込んでしまう。

「おまえ、こんなとこで何やってたんだよ」とロドリゴは言った。仰向いたベニグノの、汗が浮いた頬を手の甲で叩く。優しい声を出してしまった気恥ずかしさからなのだろうか、やけに厳しく棘のある声だ、とベニグノは思う。「何やってたんだって訊いてんだよ!」ロドリゴは急に声を荒らげ、頰を叩いていた手を握りしめ、殴りつけてきた。「ママもパパも、俺たちがどれだけ心配すると思ってんだ。おまえが勝手な真似するとみんな迷惑なんだよ!」そう言って鼻面に拳を振り下ろしてくる。反射的に目を閉じた。暗い視界のなかに光が飛び散り、痛みが顔の全面を覆う。何の権限でここにいるんだ、とロドリゴは叫ぶ。「ここは俺の場所だって言っただろうが！」

ベニグノは雑草の上に身体を丸め、為す術もなくロドリゴの拳を受け止める。肩が、尻が、腿が、脇腹が、めちゃくちゃに殴られる。治ったばかりのコンパスの傷跡が破れ、血が出たのがわかった。知らないハクジンじゃなくてロドリゴの暴力なら、わかる、とベニグノは思う。ずっと振るわれてきたから。だからベニグノは、全身を殴られながらも安心していた。ロドリゴが横を向いたベニグノの腰に馬乗りになった。何とか言えよ、と叫ぶがベニグノは答えない。これからきっと酷いことが起きる。それが解った。でもベニグノは微笑みさえ浮かべていた。痛みに耐えようと手を伸ばし、あたらしく生えそろった雑草を握りしめる。空き地に降り注ぐ陽光を浴びた草だ。その指先がふと、固いものに触れた。ベニグノは目を開く。横を向いた視界の中で、ロドリゴが腕を大きく振りかぶっているのが見える。黒く汗の滲んだTシャツの、チェ・ゲバラの白いアイコンが鮮やかだ。真昼の森は静まりかえっていた。鳥の声だけがしていた。遠くの方でゆっくりと羽ばたく、名も知らない黄色い鳥が、幻のように鮮やかに見えた。土の匂いがした。まばらに生えた雑草のなかに自分の腕が伸びていて、そのかたわらに、蹴爪《ボラン》が落ちていた。これはきっと、とベニグノは唐突に確信する。エクエクが身に付けていた蹴爪だ。毒が塗られていたB―三の蹴爪だ。アゴダやビラヤの男を殺しエマヌエルの足を切った蹴爪だ。なんの根拠もなくベニグノはそう確信する。ベニグノは雑草から手を離し、蹴爪に触れた。ロドリゴの腕が振り下ろされ、ベニグノのこめかみを捉えた。ベニグノの頭は土の上を跳ね、視界がめちゃくちゃに揺すぶられる。それでも手に握った蹴爪の感触はたしかだった。ロドリゴの足の間で身体を回し、上を向いて兄と正対する。ベニグノは手の中の蹴爪を握りしめ、雄叫びを上げた。

クイーンズ・ロード・フィールド

ロベルトがクイーンズ・ロード・フィールドのピッチの上を全裸で駆けまわるところを、ぼくたちみんなが見ていた。それはカップ戦の三回戦のセカンドレグで、トップリーグの強豪チームであるアバディーンFCがぼくたちの小さな街に来たのだった。三部リーグで残留争いをするのが常態のぼくたちのホームチームは、敵地で行われたファーストレグで七対〇の完敗を喫しており、四回戦に勝ち進むにはこの試合で八点以上を取って勝たなければならない。そんなことはもちろん無理だから、これが今シーズンのカップ戦での、キャッスル・カルドニアンFCのラストゲームになるはずだった。

ぼくたちはみんなその試合を観ていた。ロベルトはいつもどおりゴール裏で巨人のブランケットみたいな特大サイズの旗を振っていたし、ぼくとモリーは自宅のソファに並んでテレビを観ていたし、アシュリーは中継が終わったあとに演奏するためにパブの隅でビールを飲みながら待機していた。ぼくたちはもちろんカルドニアンを応援していた。でも、カルドニアンが勝てるなんて誰も思っていなかった。なんせ相手はアバディーンだ。所属選手の大半が高年俸の外国人で、イングランド人がいないだけセルティックよりはましだけれど、それでもぼくたちの国のチームだなんて思えない。それにひきかえ三部の下位に低迷するチームにやってくる外国人選手なんていないから、カルドニアンのスタメンは十人が生粋《きっすい》の自国人で、あとひとりも北アイルランド人だ。ぼくたちのごひいきはこの街で生まれ育ったガブリエル・ボトムで、彼はファンのみんなにゲイブと呼ばれていた。

　カルドニアンのホームゲームだったとはいえ地力の差は大きく、アバディーンはキャプテンとセンターバック以外の全員が控えかユースチームの選手なのに、前半が終わるころにはすでに〇対二になっていた。守備に攻撃に走り回っていたゲイブだって、カルドニアンのなかでは優れた選手であってもまだ十代の若造で、アバディーンのどの選手よりも足は遅くジャンプも低く、しかも赤毛で、ぜんぜんだめだった。ゲイブはいつも顔を真っ赤にしてボールや相手選手を睨みつけるようにプレーするからファンは彼を「怒りんぼゲイブ」と呼ぶ。その愛称は彼も知っているはずだ。でも今日の彼には怒る余裕もない。ぼくはもう負けるつもりで観ていたけれどモリーはカルドニアンの選手がボールを持つ度に「行けっ」とか「やっちまえっ」とか叫んでいて、まだ勝ちを諦めていないらしい。アシュリーもとっくにテレビから目を離して、その日演奏する曲についてバンドのメンバーと話し合っていた。どうせいつも同じ曲しか演《や》らないのに。スタンドのサポーターグループのただ中にいたロベルトはもちろん真剣に応援していただろう。でもぼくたちは、そのときじっさいにロベルトが何を考えていたのか知らない。あとになってロベルトが言ったのは「暑かったんだよ」ということだけだ。その日、試合の前のニュースでは、夜のうちに初雪が降るだろう、と予報されていた。だから暑いはずがない。でもたしかに、応援団のなかには上着やシャツや、レプリカユニフォームまで脱いででっぷりと膨らんだ腹を晒《さら》した男たちが何人もおり、もしかしたらほんとうに暑かったのかもしれない、と思って、ぼくたちはロベルトを追及することをやめた。

後半の三十分ごろだった。カルドニアンはさらに二点を追加され、失点シーンを見飽きたぼくはうとうとしていた。モリーも騒ぐのをやめて静かにビールを飲んでいて、ナッツが足りなくなってきたから、次にプレーが止まったときにキッチンに行こう、と考えていた。アシュリーはステージでキーボードのケーブルを繋いでいた。ぼくとモリーの娘のアリスは、カルドニアンのことになると両親は性格が変わると知っているから、部屋にこもって何かしていたと思う。スタジアムの歓声が一瞬だけ止まり、非難がましいどよめきに変わった。それから観客たちはてんでに罵声を上げはじめ、アバディーンのどの選手がボールを持ったときより甲高いブーイングが鳴らされた。モリーはいそいでぼくを揺り起こす。

「あん、モリー、終わった?」

「それどころじゃないよクレイグ、見て」

ぼくたちは画面に見入った。カメラはピッチ上を早い動きで追っており、その中心、濃緑とうす緑に色分けされたあざやかな芝の上に、全裸の男がいた。両手を広げて跳ねるように走っていた。ブーイングを歓声だとでも勘違いしているのか、男は手を振って愛嬌をふりまいていた。カルドニアンの選手たちは陰気に俯いていたが、アバディーンの選手はみんな、にやにやと笑みを浮かべて男を見ていた。男の股間を。アシュリーがいるパブでは、試合会場とは逆に、大歓声が渦巻いていた。あいつのためになんか演ってやろうぜ、とドラムが声をかけたが、アシュリーはアンプの前で突っ立ったまま反応しない。ロベルトじゃん、とアシュリーは呟いた。

ロブ、とモリーはロベルトの名を呼んで、なにやってんの、と言い、まだちゃんと目が開いていないぼくもその言葉で、画面のなかにいるのが親友のひとりだということに気づいた。ロベルトのおちんちんはこれ以上ないほどに膨張していて、太ももが三本あるみたいだった。ぼくたちはみんなそこに見入っていた。

「ロブ、こんなもの持ってたんだな、知らなかった」とぼくが言ったが、モリーは返事をしなかった。ドラムに再度声をかけられたアシュリーはようやく頷き、キーボードに向き直って滑稽なかんじの高音を鳴らす。ヴォーカルがマイクの前で身体を揺らし、ズボンの前を下ろすような仕草をしてみせると、酔客たちの歓声が高まった。その間もロベルトはピッチの上を走っていた。裸足に芝生が気持ちよさそうだった。ロベルトの頬には水色のインクでカルドニアンのエンブレムが描かれていたから、どちらのチームのファンかは一目瞭然だった。

ロベルトはカルドニアンの選手たちがあまり歓迎してくれていないことにようやく気づいたらしくスピードを落とした。すると画面端から真っ黒なダウンコートを着た警備員たちが飛び込んでき、ロベルトは慌てて逃げ出す。そしてカルドニアンの選手の前で立ち止まった。チームカラーのうす水色のユニフォーム、その背中の番号は24、そして鮮やかな紅色でBOTTOMの六文字。ロベルトは身体の両脇で手をぎゅっとつよく握りしめ、何事か叫んだ。白い息が唾といっしょにロベルトの口から噴き出し、消えていく。

「風邪ひくじゃないロブ」こんなときにもロベルトの健康を心配するのがモリーのいいところだ。

ピッチサイドのマイクはロベルトの叫びを拾わなかったけれど、ぼくたちにはロベルトが何と言ったかわかった。なにやってんだ怒りんぼゲイブ、怒れよ。ロベルトの口の動きに合わせて、ぎんぎんに膨らんだおちんちんが揺れていた。ロベルトの言ってることはもっともだ。ゲイブはカルドニアンいち優秀な選手で、二試合あわせて〇対十一で負けているこの状態をなんとかできるとしたら彼しかいない。でもいくら正論でも、ものごとには言い方というものがあって、ロベルトが選んだそれは、どう考えても適切じゃなかった。

ゲイブが何か言い返そうとした、怒りんぼゲイブがようやく怒りに顔をゆがめたところで、追いついてきた警備員がロベルトにラグビーふうのタックルをかました。スタジアムの観客たちは歓声を上げ、パブの客は警備員にブーイングを飛ばし、アリスがここにいなくてよかった、と呟いてモリーは立ち上がり、キッチンに入っていった。

試合はその後、ロベルトの叱咤《しった》に発憤したゲイブの活躍で逆転したりなんかせず、さらに加点されて〇対六で負けた。二試合の合計スコアは〇対十三。キャッスル・カルドニアンFCは、三部リーグとプレミアシップの格の差を見せつけられ、あっけなく敗退した。おちんちんを天に突き立てたまま警備員室まで運ばれたロベルトは、ようやく寒さを思い出したのかくしゃみをし、警備員のひとりがゴール裏まで服を探しに行った。

「おれはちゃんと、いいか、ちゃあんと、水色のパンツを穿いてったんだ」とロベルトは翌日、自分が経営するパブで息巻いて言った。「カルドニアンの色だ。それをあいつ、汚いもんでも持つように警棒の先に引っかけて持ってきやがった」ふん、と鼻を鳴らしてからじゅるりとすする。

「それはさ、ロブ、汚いからだよ」とアシュリーは赤褐色の頰を掻きながら言う。「その布で何をくるんでたか、ばっちり見せられちゃあな」

ふん、とロベルトはもういちど鼻を鳴らす。「前の晩に洗ってるってのに。サポーターの鑑《かがみ》だろ」

「で、ロブ。なんであんなことしたの？」とモリーが言い、僕が引き寄せようとしていたビールの小瓶を奪う。「お医者さまに飲んじゃだめって言われてるんでしょ。一杯だけにしなよ」

そう言う背中の後ろを通してアシュリーから瓶を受け取り、ぼくはひといきで飲む。モリーはそれをじろりと横目で睨み、「マリガンだって見てたんじゃないの」とロベルトの娘のことを言う。そうするとロベルトは気まずげに目を逸らし、あいつはサッカーなんて観ねえよ、とちいさく言い返した。

「それにさ、暑かったんだよ」

「寒かっただろ」

「寒かった。でも暑くて」

ぼくたちは顔を見合わせて首を振った。

「ま、脱ぎたくなるときだってあるさ」とぼくが話をまとめ、空になった瓶をテーブルの上に置いた。「それにロベルト、満員のクイーンズ・ロードを全力で走るなんて、トップチームの選手じゃなきゃできないんだ、名誉なことだろ」

いまからもう、三年も前のことだ。その三十六年前に生まれたとき、ロベルトはいつかサッカー選手になるはずだった。少なくとも両親はそう信じていた。何代も前からこの街に住んでいた生粋の地元っ子なのにロベルトなんてラテン語ふうの名前をつけたのは、イタリア代表の名ボランチにあやかってのことだ。そして彼らは息子が弱っちい自国代表ではなくイングランド代表に入れるように、わざわざロンドンまで行って出産した。だからロベルトは学校で唯一のロンドンっ子だった。本人はそのことも嫌だったようだけれど。

イタリア人の名前をつけられたロベルトは、その名前にいつまでも馴染めずにいた。Robertoから○を取れば Robert になり、クラスメイトたちと同じような名前になれる。それでロベルトは自分の名前を書くとき必ず、Robert とだけはっきり書いて、o はピリオドみたいにちいさく添えるようにしていた。ロベルトが自分の名前を嫌っているのは有名なことだったから、ぼくたちはロベルトを呼ぶとき、みんなふざけて、イタリア人みたいにRとTの音を強調して発音した。ルルルルル、ロッベェルトォ！　それが原因でアシュリーと摑みあいの喧嘩になり、当時アシュリーといっしょにバンドを組んでいたぼくと、校門の前で恋人と待ち合わせをしていたモリーが止めに入ったのが十三歳のとき。それから二十六年間、ぼくたち四人はいつも一緒だった。

自分の名を嫌っていたとはいえ、ロベルトは健気《けなげ》にもサッカー選手を目指してカルドニアンのユースチームに入り、トレーニング漬けの毎日を送っていたし、ぼくとアシュリーはバンドの練習が忙しかった。それにモリーも、恋人と何やかやしていた。だから四人で集まるのは学校の休み時間だけだった。集まって何をするわけでもなく、ただ、ぽつりぽつりとお互いのことを話しあう。ぼくたちはそれぞれに生きづらかった。白人の養父母に育てられるアシュリーはカルドニアンの右サイドバックのブランドン・レノンと並んで街でただ二人の若い黒人で、街でなんどもいやな思いをしていた。モリーには生まれてすぐに病気で左足をつけねから切断した妹がいて、レストランの経営で忙しい両親にかわって、ひとりでその世話をしなければならなかった。そしてぼくはといえば、ぼく自身にはみんなの境遇と交換できるような物語めいた苦難なんてなかったから、兄のひどい家庭内暴力に耐えているのだ、という嘘をついていた。とはいえロベルトやモリー、それとぼくの苦悩なんて、あとにして思えばなんでもない、思春期に誰しもが通り過ぎるものだったのだと思う。自分の名前が好きになれない、家族のひとりがちょっと大変な状態にある、仲間だということを示すために嘘をつく。それくらいの悩みは、きっと誰だって抱えていた。アシュリーの悩みはぼくたちのなかでは少し毛色が違っていたけれど、そのころのぼくたちにはそんなことはわからない。つらいよな、と頷きあうためには、みんながひとしく悩んでいることだけが必要で、それぞれの苦悩のなかみなんてどうだっていい。

ぼくたちはいつも同じテーマで話し合った。アシュリーは自分にだけ厳しくあたる音楽教師のことをよく愚痴っていた。ぼくはズボンの裾をまくり上げて、ベッドから落ちたときの痣を見せ、兄きに蹴られてさ、となんでもないような口調で言った。モリーはいつも妹のジャスミンのことを話すから、そのころには会ったこともなく、けっきょくそれほど親しくなることができなかったぼくたちにとっても、彼女は妹のようなものだった。ジャスミンは動きにくいはずなのに活発で、小さいころは勝手におでかけしようとして大変だったのだという。だから今だって、とモリーは、いつも集まっているカフェテリアのはしっこで、虚空に目をやって言った。今だってジャスミンがどこか誰も知らないとこを歩いてるかもって思うと、気が気じゃない。その話を聞くぼくたちの耳にも、ジャスミンの松葉杖がどこか遠くのアスファルトを叩く音がかつかつかつと聞こえる気がした。そんなに妹のことを気にかけていたモリーは、頑《かたく》なにジャスミンの写真を見せてくれなかった。わたしのだいじなだいじちゃんだからね、ひとりじめなんだ、と言って。

モリーは恋人と別れては新しい男と付き合うことを繰り返していた。モリーに恋をした男はくちぐちに身体の不自由な妹をいたわる心の美しさに惹《ひ》かれたのだと言い、モリーと別れた男たちはみな、自分たちより妹を優先することを破局の原因として挙げる。あの人はべつに、ジャスミンよりだいじってわけじゃなかったからさ、とモリーはそのたびに言っていた。だから十六歳でモリーとアシュリーが付き合いはじめたとき、ぼくたちは安堵したものだった。アシユリーもジャスミンのことを妹のように思っていて、だからふたりでいっしょにジャスミンをいつくしむことができる。ひと安心しながらもぼくとロベルトは、なんでおれたちじゃなくてアシュリーなんだよ、と愚痴を言い合った。そのころのぼくはモリーが好きだというわけではなかったけれど、いつも一緒にいる三人のなかでアシュリーだけが選ばれたことが釈然としなかったのだ。でもよく考えてみれば、ぼくはそのころにはバンドを脱退して大学受験のために進級しようとしていたし、ロベルトはカルドニアンから、選手を諦めて用具係として働かないか打診されていて、ずっとバンドひとすじで演奏に打ち込むアシュリーと比べるとちょっと情けなかったから、モリーがアシュリーに惹かれたのも無理はない。ぼくたちはそう自分を納得させていた。

その事件が起きたのはふたりがつきあいはじめてから一週間にも満たないときだった。これもクイーンズ・ロード・フィールドで起きたことだ。カルドニアンはそのシーズンも三部リーグの下位にいて、対戦相手は二部から降格してきたばかりの強豪チームだった。そしていちばん重要なのは、そのチームは、すくなくともそのときピッチに立っていたのはすべて白人選手だったことだ。アシュリーはバンドの仲間たちと一緒にコーナーフラッグちかくで試合を観ていた。ロベルトも近くにいたけれど、アシュリーはロベルトに気づいていなかった。ロベルトはアシュリーをななめ後ろから見ていた。ユースチームの仲間たちと一緒に、うす水色の揃いのジャージを着て。今はチームの一員として来ているし、アシュリーも仲間といるから、と思って声をかけることはやめ、試合が始まるとそこにアシュリーがいることも忘れて腕を振り上げ飛び跳ねて、応援歌をがなりたてる。近くに選手がくればその名を叫び、敵チームがボールを持てばブーイングして、セットプレーのときにはチーム名の書かれたタオルを掲げる。

ロベルトは応援に没頭していたし、ピッチの端のあたりは前に立っている観客の身体で見えづらかったから、最初は何が起きたのかわからなかった。カルドニアンのコーナーキックが宣告され、右サイドバックのブランドン・レノンが、フラッグの足下に置かれたボールのところに駆け足で近づいてきた。ブランドンの炭みたいな色の肌の上を汗が流れ落ちるのが見えた、とロベルトは言った。そのくらい近かったんだ、と。アシュリーはロベルトよりさらに前にいた。声をかければブランドンに聞こえる距離だ。ロベルトの視界の端に黄色い何かが飛び出した。満員の歓声の向こうからも聞こえる鋭い叫びがそれに続く。その言葉は聞き取れなかったけれど、ロベルトの周りの観客たちが、前の方から波をうつように静かになった。ブランドンは客席を見やって悲しげに首を振った。観客たちの囁き合う声を聞いてようやく、ロベルトにも何が起きたかわかった。誰かがバナナを投げ込んだのだ。ブランドンは目を伏せ腰をかがめ、バナナを拾い上げて、近づいてきたボールボーイに投げ渡す。それから何事もなかったかのようにボールの位置を直し、手を振り上げてゴール前の選手たちに合図を出した。近くで見ていた観客以外は何かが起きたのだと気づいていないらしく、太鼓を叩き旗を振り、選手たちの名をてんでに叫び、その声がうねりになってクイーンズ・ロードを覆う。そのなかでロベルトたちがいる一角だけが静かだった。そして罵声が上がりはじめる。アシュリーが、興奮した観客たちから小突かれていた。

「でも、なんでアシュリーが？」とモリーは、驚きに目を見開いて聞き返した。翌日の学校で、ぼくたちはカフェテリアのいつものテーブルに座っていた。アシュリーだけがいなかった。「だってアシュリーは、その――」

「黒人なのに」とぼくが続きを引き取る。そうだな、とロベルトは腕を組んで頷いた。それから、オースティンから聞いた話なんだけど、と話しはじめる。オースティンはユースチームのキャプテンで、トップチームの練習に何度も参加しているし、怪我や出場停止でメンバーが足りない試合ではベンチに入ることもある。その試合でも彼はベンチにいた。ピッチサイドのスタッフからの報告があって、バナナが投げ込まれたことは全員が知っていた。でも怒る者は誰もいなかった。ブランドン本人が何事もなかったようにプレーを続けていたし、なにより、バナナを投げたのはカルドニアンの応援団の一員だったから。あいつはそう言ってたけどきっと、ブランドンが黒人だからだよ、とロベルトは吐き捨てるように言う。周囲の観客から責められながらアシュリーは、ちがうよ、おれカルドニアンのファンだ、ブランドンのさ、ほら、とユニフォームを、その胸に刻まれた、ブランドンと同じ背番号を示したけれど、酔いと怒りに頭を支配された観客たちの耳には届かない。仲間同士でなにやってんだよ、と誰かが吐き捨てるように言い、それを聞いたアシュリーは激昂して、仲間ってなんだよ、と叫んだ。なんの仲間だってんだよ！　でもその言葉は、あんなやつ仲間じゃない、という意味に取られたらしく、観客たちはさらに険悪な声を上げ、拳を振り上げる者すらいた。

黒人のくせに音感がない、というのが、音楽教師がいつもアシュリーを責めるときの口実だ。ほんとうはそんなことないのに。彼は気まぐれにアシュリーに命じてひとりで歌わせて、ほんのちょっとでもアシュリーが音を外すと大笑いしてそのミスを指摘する。そしてジャズやブルースの黒人ミュージシャンの名前を挙げて、同じ黒人なのに彼らに比べてなんて下手なんだ、と締めくくる。彼がそうやって肌の色を理由にアシュリーを虐《いじ》めるのは、彼が白人であると同時に、街の外からやって来た人間だからだ。ぼくたちはそう思っていた。ぼくたちが住んでいるのは北海沿岸のちいさな港町で、若い黒人がアシュリーとブランドンしかいないことは誰でも知っていた。だからふたりを差別するのは外から来たやつだけだ。ぼくたちはその日まで、無邪気にそう信じていた。

アシュリーは観客席から連れ出された。それはアシュリーを連行するというより、周囲の観客に小突かれたアシュリーの身に危害が加えられないためだったという。身元が確認され、養父母に連絡が入った。それからアシュリーは素直に尋問に答え、バナナを投げ込んだ理由を話したのだという。

そのすこしまえ、スペインでも同じような事件があった。ブラジル代表の黒人選手に観客席からバナナが放り込まれたのだ。その選手はすぐにバナナを拾い上げ、皮を剝《む》いて食べた。それから何事もなかったかのようにプレーを再開した。そうすることでまるでバナナが投げられたのが、彼を貶《おとし》めたのではなく、彼のエネルギー補給の手助けをしたかのように映る。それをきっかけに世界中で、サッカー界にはびこる人種差別への抗議のために、バナナを食べるパフォーマンスが流行した。選手たちは記者会見の場や練習後の取材中におもむろにバナナを取り出し、スタジアムではバナナが売られるようになり、クイーンズ・ロード・フィールド近くの、のちにロベルトが働くことになるパブでも、メニューにバナナが追加された。サッカーを観ながらバナナを食べる人なんていないから、ほとんど売れていなかったけれど。

ブランドンにもやってほしかったんだ、とアシュリーは言った。おれたちだっていつもいやな思いをしてる、声を上げなきゃいけないんだ。でもこの街に若い黒人はおれたち二人しかいなくて、おれはただの高校生だから何の力もない。だからブランドンに、おれはバナナを食ってほしかったんだ。

もちろんブランドンも、バナナを食べた選手の話は知っていた。でも、彼は一対一の引き分けに終わった試合のあと、観客に挨拶もせずにロッカールームに引き上げ、自分のロッカーやベンチを蹴り飛ばした。それから、落ち着かせようと駆け寄った選手やスタッフを押し退けてシャワールームに向かった。オースティンはほかのベンチメンバーたちと一緒に、倒れたベンチを起こし、壊れたロッカーのドアをちゃんと閉められないか何度か試して諦めた。それから、チームとして正式なコメントを出すからおまえらは、ブランドンもふくめて全員、何を聞かれても黙ってろ、と監督が指示を出したのだという。

そして数日後、アシュリーには無期限の出入り禁止が言い渡された。

「いいさ」とアシュリーは強がるように言った。「あっちのほうからクイーンズ・ロードに招待させてやるから」

「どういうことだよ」とロベルトが機嫌わるげに聞き返す。「おれはもう選手じゃなくなるから、招待席は用意できないぞ」友人があんな事件を起こしたからではないだろうけれど、ロベルトはクラブから、選手としては契約しないと正式に通達されていた。

「おまえじゃないよ」とアシュリーは笑う。

「なに笑ってんだよ」

「悪い悪い。つまりさ、おれは客席には出入り禁止になったけど、フィールドの中ならチャンスがある、ってことだよ」とアシュリーは、テーブルの上に手を置いて、てぃる、てぃる、てぃる、と口ずさみながら指を動かす。「わかる？　エル・クランの一員としてさ」

エル・クランというのが、アシュリーのバンドの名前だ。その前身のカレー・バーガーズにはぼくも入っていたけれど、その後メンバーチェンジを繰り返して、ぼくがいたころからずっと所属しているのはアシュリーだけだ。カルドニアンがクイーンズ・ロード・フィールドを使うのは年間にせいぜい四十日程度で、あとの期間は市民のマラソン大会やコンサートなどのイベントに利用されている。一万五千人収容で、市内のイベント会場のなかでは一番大きいから、アメリカやロンドンのバンドがよくライヴを開いていた。

「なんでクイーンズ・ロードなんだよ」とロベルトが信じられないように言う。「あんな目にあったのに」

「あんな目にあったからこそだ。これでおれが諦めたら、差別に屈したことになる」とアシュリーは、気分を害したように唇を突き出した。「そのときは来てくれよ、招待状出すから」とぼくたちの顔を見回す。「ジャスミンもな」

「そうだね」とモリーは頷いた。「ジャスミン、バナナのこと話したらおもしろがっちゃってね、バナナ食べたがって大変」

「大変って？」

「バナナ食べたい、バナナ食べたいって、うるさい。アシュリーのせいだよ」

「それも俺のせいか？」とアシュリーは笑い飛ばす。「ジャスミン、会ってみたかったな」

その言葉を聞いてぼくとロベルトは、アシュリーがまだジャスミンに会ったことがないとわかり、そしてなんとなく、もう二人は別れてしまったということもわかった。ぼくとロベルトは目を合わせて頷きあう。アシュリーはけっきょく、モリーのだいじちゃんに触れさせてもらえなかったのだ。

ジャスミンが足を切られたのは、健康な赤ん坊ならまだやっとつかまり立ちができるくらいのころだったという。それ以来ずっと義足をつけていたから、五歳になるころには杖を使えばひとりで歩けるようになっている。それでも走ることはできないし、歩いているときに杖を蹴飛ばされれば潰れるように転ぶしかない。そうやって他人から悪意を向けられても、ジャスミンはにこにこと笑って何も言わない。なんでだよ、とアシュリーは言う。そういうときは反抗しないと、おれたちはそんな見下していいようなちっぽけなもんなんかじゃなくておまえらの敵なんだって示してやらないと。アシュリーは熱の籠《こ》もった早口でそう言う。街の人間はほとんどが顔見知りだ。でも、顔見知りだからといって悪意を抱かないなんていうのは幻想なのだと、ぼくたちはアシュリーの件で知ったばかりだった。

ぼくは何も言わなかった。得体の知れない悪意に晒されたことなんてぼくにはなかった。兄についてみんなに話したうちでほんとうのことといえば、彼が無職だということくらいだ。彼が働こうとしない理由はわからない。ぼくと兄はそれほど裕福でもなく貧しくもない、ふつうの家庭の息子たちだ。治安がそれほどよくはない公立高校を出た兄のアーロンは、大学にいけるほどの頭こそないとはいえ、仕事に就くことができないほどひどいとは思わない。この街の若者たちは学校を出るとほとんどがエディンバラなりロンドンなりに行き、そうするだけの頭や才覚のない者、あるいはよほどこの街を愛している者だけが地元で就職する。両親は夫婦でスーパーを経営しているから、アーロンは働こうと思えばいつだって働ける。ぼくだって暇なときにはレジ打ちや陳列の手伝いをして小遣いを稼いでいるのだ。でも彼はそのいずれも選ばなかった。無職で、外にも出ず、食事のとき以外は部屋にこもって、何をしているかというと、若いころモーターヘッドに熱中していた父が蒐集したレコードを聴いて、父のお古のベースを弾いているだけだ。そして、とぼくは言う。気まぐれにおれを殴るんだよ。

その話をするためにぼくはよく自分を傷つけた。腕の一ヵ所を血が出るまで引っ掻いた。コンクリートのアパートの壁に膝蹴りをして青痣をつくった。アーロンが吸ったあとの煙草に火をつけて腹に押しつけた。交通事故に遭って左腕を折ったときは、痛みでいっぱいになった頭で、幸運だと快哉を叫んだ。みんなの苦しみに報いるためにぼくの自傷はエスカレートしていて、そろそろ打ち身や切り傷では足りないと思っていたところだったのだ。

「兄きがさ、ちょっと力加減を間違えたみたいだ」ぼくは軽い口調で言ってみせる。「あんまり大きな傷をつけたら、治るまでは無理できないって知ってるのに」

「ああ、クレイグ」とモリーは言い、ギプスの上からそっと撫でてくれた。「痛む？」

「ちょっとね」ぼくは眉根を寄せてそう言った。「でもちゃんと固めてくれたからさ、つらくはない」

「こんなことまでされて、親は何も言わないのかよ」とアシュリーが言った。

「そうだね」とぼくは肩をすくめ、そうすると腕にぴりっと痛みが走った。「親にはアパートの階段から落ちたって言ってる。何か察してるかもしれないけどさ、でも諦めてるんだ、たぶん。ほら、アーロンは無産者ってやつでさ」言葉の意味もよくわかっていないのにそう言って、ぼくは悩ましげに首を振る。「そう、だから、ナイーブなんだ」

そうか、とロベルトが言い、何度も小刻みに頷く。ぼくはみんなの顔を見回して、「まあでも、アーロンもさすがにちょっと反省したみたいだよ」と言い添える。するといちばん疑わしげだったアシュリーも、納得したような顔で、ひでえな、と首を振った。ちゃんとみんなが信じてくれているらしいことを確認して、ぼくは安堵する。みんなに対して、ほんとうには心を開けていないような気がしていた。嘘をつく罪悪感、というより、みんなと同じような深さの物語を生きていない、ひとりだけ冷めているような、温度差。モリーはぼくのギプスを撫でつづけ、ちょっとこれ手触りいいね、と楽しんでいた。それがむず痒くて、はやくギプスが取れて、直接触ってもらえたらいいな、とぼくは思った。

クイーンズ・ロード・フィールドでの一件があってから、アシュリーが暮らすマンションの前にはときどき腐ったバナナが放置されるようになった。みんなでぼくの両親のスーパーに行ったとき、果物売り場はそっちじゃねえぞ、なんて言葉を投げつけてきた者もいる。そういうときアシュリーはいつも、その瞬間だけ耳が聞こえなくなったように涼しい顔で話を続けていた。そして半年後、ブランドンがイングランドの二部リーグのチームに移籍していくのと同時に、その嫌がらせもおさまった。これで街に若い黒人はアシュリーひとりだけになってしまった。それでもアシュリーは、誰かの家に集まって試合を観るときはかならずブランドンのユニフォームを着ていた。あの日も着ていたTシャツだ。なぜ頑なにその服を着続けていたのかはわからない。ただそれにあわせてぼくたち三人もユニフォームを着て観戦するようになった。ぼくとモリーはそのときのエースストライカーとキャプテンのものを買い、ロベルトはユース時代の自分のユニフォームにむりやり身体を突っ込んで。ぼくたちはあいかわらず、熱心なカルドニアンのファンであり続けた。

ぼくたちが初めてジャスミンに会ったのもカルドニアンの試合のときだった。その前日の金曜日、学校を出るときにモリーが言ってきたのだ。

「クレイグ、あしたジャスミンも行っていい?」その日はぼくの家で観ることになっていた。

「もちろん」ぼくは戸惑いながら頷いた。「でも、なんで?」

「なんでって、だめ?」

「だめじゃないけどさ。その、いいの?」ジャスミンはモリーのだいじちゃんなのに。「ぼくたちに会わせちゃって」

「べつに避けてたわけじゃないけどさ、アシュリーのことがあってから」とモリーは右腕をすばやく動かして、ものを投げる動作をしてみせる。「ジャスミン、わたしたちのことに興味もっちゃってね。いっつも集まってるのが羨《うらや》ましいみたい」

「来るのはいいけど、楽しいかどうかはわからないよ」とぼくは言う。カップ戦とリーグ戦が連続して、三週間に五試合を戦う過密日程のまっただなかだった。「お互いにフルメンバーじゃないかもしれない」

「べつにジャスミンは、試合観るのが目的じゃないから」とモリーは笑った。「わたしたちが見たいんだってさ」

そう言われるとまんざらでもない。ぼくたちはジャスミンを歓迎した。チップスもジュースも、両親のスーパーから五人分、安く譲ってもらってきた。カウチだって兄のものを借りておいた。兄が優しい人間であることをみんなに知られないよう、ちゃんと部屋に引っ込んでいるようお願いもした。まあいいけどさ、とアーロンは釈然としない様子で言う。「おれだってカルドニアン、好きなんだけどな」

「部屋で観てよ」と言ってぼくはお菓子と一緒に半額で買った煙草を押しつける。

「まあいいけどさ」と今度は嬉しそうな表情になって繰り返す。

「今日はジャスミンも来るんだから」

「ジャスミン?」

「モリーの妹だよ、話したことなかったっけ」

「ああ、義足の」とアーロンは頷く。「どうやって来るんだ。車椅子?」

知らない、とぼくは首を振った。それから、アーロンに協力してもらって、ジャスミンが行動しやすいように部屋の模様替えをした。テーブルはできるだけカウチに引き寄せて動線をつくった。玄関の階段に置いていた鉢植えも危ないからどかした。杖が滑らないように道から玄関までの間に水を撒《ま》いておいた。

車のエンジン音が家の前で止まり、ドアが開閉して、幻聴みたいにしか聞いたことのなかった杖の音が、かつかつと近づいてきた。ぼくはカウチから飛び起きて、玄関まで走った。

引っ込んでおくように言ったのに、アーロンはポーチまで出てみんなを歓迎した。彼はぼくがあげた煙草を咥《くわ》え、クレイグと仲良くしてくれてありがとな、と言った。どうも、とみんなは戸惑ったような表情で返す。ぼくがみんなに話したとおりならアーロンは、誰かと目が合えば喧嘩を売られたと解釈して、弟の肌を灰皿代わりに煙草を消して、自分の歩く先にあるものは物だろうと人だろうと蹴り飛ばして排除する、アメリカのコミックの悪役みたいな人間だった。それなのに笑顔で、咥え煙草で、おまけにおしゃれなふんわりしたニットを着ているから、きっとみんな最初は、それがぼくの兄だと気づかなかったのだろう。

いちばん後ろにいるジャスミンだけが、アーロンに笑顔を返していた。アーロンはジャスミンの足を見下ろす。パンツの裾からはみ出す茶色い木の足。杖にもたせかけてすこし傾いた身体。モリーとおなじ金色の、やわらかそうな髪の毛。ジャスミンはにこにこと笑って、杖に肘をついて身体を支え、両手をすばやく動かした。

「はじめまして、って」とその手振りを見たモリーが言う。ようこそお嬢さん、とアーロンが気取った声で言い、ジャスミンがまた手を動かす。優しそうなおにいさん、とモリーが再び訳して、ぼくのほうをちらと見た。

「ジャスミンって、その――」とぼくは口ごもる。

「聴くことはできるって」とアシュリーが低い声で早口に言う。「ただ喋れないだけで。だから会話は問題ない」

ジャスミンが手を動かす。「そうなの、だからふつうに喋ってね」とモリーがジャスミンの感情を演じるような声音で言った。

挨拶をしたことで満足したのか、アーロンはようやく、約束どおりに部屋に戻った。モータ―ヘッドの『オーヴァーキル』を大音量でかけているのが、ドアから漏れ聞こえてくる。ジャスミンは器用に杖を操って、居間のいちばん奥のカウチに陣取った。飛び乗るように身体を横たえ、杖をそこらへんに放り出す。

「ちょっと、危ないでしょ」とモリーが手話と同時に声に出して窘《たしな》めた。アシュリーがおずおずと近づいて、「自分でやらせてよ」とモリーが言うのを無視して杖を拾い、ジャスミンのカウチに立てかけてやる。

「ジャスミン、」と呼びかけたきりアシュリーは何も言えず、思い詰めたようなその顔を見てジャスミンは、バナナの皮を剝く動作をしてみせる。それから、苦笑いの表情をつくったアシュリーの顔に、拳をつきつけた。うす黄色のバナナの実がアシュリーの顔にぶつかって潰れるのが見える。ジャスミンは楽しそうな笑顔になって、存在しないバナナを放り出し、手話で何か言う。顔を拭ってみせてから、アシュリーは「何言ってんの?」とモリーに訊いた。

「サイコー、とか、そういうこと」とモリーは答え、「ごめんね、なんだかはしゃいでるみたい」とこれは手話もつけて謝った。

「いいけどさ」とぼくは言い、テレビのリモコンを操作した。カルドニアンの選手たちは試合前のウォーミングアップをしていた。画面の右下に、十一人のスタメンの名前がフォーメーションのかたちに並べられている。アシュリーとロベルトが上着を脱いだ。二人はもうユニフォームを着ていた。アシュリーの背中にはLENNONの文字が、そしてロベルトの背中には、BRADLEY、とプリントされている。もうカルドニアンにはいない二人の名前だ。

「モリーは?」とぼくも上着を脱ぎながら訊ねる。今日のモリーは薄いブラウスで、下にうす水色のものを着ていないのが見て取れた。

「ジャスミンは持ってないからね」とモリーは首を振る。「わたしも、今日はいいや」

「アーロンも一着なら持ってたけど、借りる?」と何の気なしに口にしてから、ぼくは自分が失言をしたと気づく。アーロンはそんな、自分のものを気前よく貸してくれるような人間であってはいけないのだ。でもモリーは、置いてきちゃったから、と首を振り、それより喉かわいたな、とペットボトルに手を伸ばした。

今日の対戦相手はカルドニアンといっしょに残留争いをしている、現在七位に位置するチームだった。全十チーム中、ぼくたちのチームは八位だから、相手は格上だ。三部リーグでももっと上位のチーム相手だとカルドニアンは為すすべなく翻弄されてしまうけれど、今日の相手はほとんど同レベルだから、お互いにやろうとしている戦術がうまく表れて、下位チーム同士にしては白熱した試合になった。がさがさとポテトチップスやポップコーンを食べながらぼくたちとジャスミンは試合を観ていた。ぼくたち四人の声と、興奮したときの癖なのかジャスミンがカウチを叩く音、それとどうやら自分の部屋で観ているらしいアーロンの雄叫び。今シーズン、オースティンは十代の選手で唯一、右サイドハーフのレギュラーを勝ち取っていて、そろそろユースチーム時代の服がきつくなってきていたロベルトは、次はあいつのを買ってやろうかな、と言っていた。

ジャスミンはぼくたちほどサッカーが好きでないのか、隣に座ったモリーのカウチを頻繁に叩いて、手話をつかって何か話しかけていた。モリーはそのたびに画面から目を離し、身体ごとジャスミンのほうを向いて手を動かす。

「あんまり強くない、いまより一つでも順位が落ちると四部に落ちるの。――そうだね、やばいね――十三歳だよ。このふたりが喧嘩してて、それをわたしとクレイグが止めに入ったの」

ジャスミンは喋れないだけで耳は聞こえると言っていたのに、モリーは言葉で答えると同時に手も動かしている。きっといつもそうしているのだろう。

「なんか、人が電話してるの盗み聞きしてる気分だな」とロベルトが言い、その比喩を聞いたジャスミンが噴き出す。マナー違反だよ、とモリーが笑いながら窘める。ふとジャスミンがロベルトの着ているシャツを指さし、それから画面のなかを指さして、せわしなく手を動かした。ちょうどカルドニアンのフリーキックの場面で、画面にはひとりの選手が大映しになっている。

「なんで同じ番号なのに名前違うの、って」とモリーがぼくたちに言い、すぐに自分で答える。「ロブは昔このチームにいたの。それで、いま着てるのはそのころのユニフォーム」

ジャスミンはロベルトの方に手を伸ばし、ロベルトは立ち上がってジャスミンのカウチのそばまで移動して、思う存分ユニフォームに触らせてやった。

両チームともにスコアレスで迎えたハーフタイム、モリーとジャスミンがトイレに立って、ぼくたち三人だけが居間に残された。杖の音がフローリングを叩きながら離れていく。その音に紛らせるようにロベルトが、「びっくりしたよな、ジャスミンの、」とちいさな声で言い、その続きは口の中でもごもごと濁らせる。「――まあ、べつにおおっぴらに言うことじゃないだろうけどさ」

「ああ」とアシュリーが言う。アシュリーはこの日は口数が少なかった。「びっくりしたな」

「二人も今日知ったの?」とぼくは訊ねた。二人は無言で頷く。

「喋れないほうは先天的らしい」とロベルトが言い、な、とアシュリーに水を向ける。しばらくアシュリーの顔を窺って、何も言うつもりがないのがわかってから続ける。「十三歳のときから隠してたってことだ。なんでだろうな」

「なにもかも明かさなきゃいけないってわけじゃないでしょ」ぼくは急いで言う。そうだけどさ、とロベルトがしぶしぶ頷き、でも、とアシュリーが続きを引き取る。

「おれたちはモリーに全部話してただろ。すくなくともおれはそうだ。それなのにモリーは隠し事をしてたんだ」

「おれたちはな。そりゃそうさ」ロベルトが言い、ちらりとぼくを見る。ぼくは頷いたけれど、ふたりの言う「おれたち」に、ぼくは入れない。アーロンは今日は機嫌いいみたい、外面だけはいいんだよ、浮かんだ言葉はぜんぶ言い訳めいて感じられ、ぼくはただシャツの袖をまくって、事故の傷を縫った跡を外に出す。ロベルトはぼくのその動きには気づかなかったらしく、アシュリーに向かって顎をしゃくってみせた。

「なんだよアシュリー、ジャスミンに会えて嬉しくないのか？　モリーの妹だぞ、おれたちの、い、い、妹」

「そうだな」とだけアシュリーは言い、コーラを、まるでそれが苦いビールかなにかであるかのように、不味《まず》そうな顔で飲む。「わかってるよ。わかってる」

ロベルトは口の中でなにか、あまり綺麗でないことを言って、ぼくに向かって肩をすくめてみせた。移り変わりの激しいモリーの恋人たちはこのことを知っていただろうか、とぼくはふと思う。でもそのことを口にする前に、ふたりが戻ってきてしまった。

後半が始まった矢先、ボールを持ったオースティンが激しいチャージを受け、顔をゆがめて芝生の上を転げ回った。実況の声すらかき消されそうな満場のブーイングのなか、両チームの選手たちがオースティンの周りに殺到し、小競り合いがはじまる。ふたりのキャプテンや主審が間に入り、選手たちをなだめる。カルドニアンOBの解説者が興奮気味に「こんな選手はリーグから追放するべきだ！」と叫び、それと対照的に実況が、オースティンの経歴と、今後のカルドニアンを背負って立つ選手だということを紹介した。

ややあって、リプレイがスローで流される。オースティンがパスを出してから一、二秒経ってようやく相手の選手がスライディングをはじめ、害意のこもった目で睨みつけながら足を振り上げる。真っ赤なスパイクの底がオースティンのハイソックスに食い込み、軸足を取られた彼は身体を横に向けて宙に浮かぶ。地面にゆっくりと叩きつけられるときにはもう、その表情は苦悶に歪んでいる。二人の後ろでカルドニアンの選手が、主審に向かってだろう、両腕を広げて叫んでいるのが見えた。「これはレッドだろ！」とアーロンが叫ぶのが聞こえ、「そうだそうだ！」とロベルトがそれに答える。返事があったのに気をよくしたのかアーロンは、「こんなことされちゃオースティンの足がちぎれちまう」と叫んでよこし、そのせいで居間はしんと静まり返ってしまった。アーロンの部屋からは変わらずに悪態が聞こえ続けている。コーラはぬるくなりスナック菓子も湿気《しけ》り、ぼくたちは担架で運び出されるオースティンに目を奪われながらも、横目でジャスミンの様子を窺っていた。

「あの選手、わたしたちと同い歳なんだよ」モリーがジャスミンに話しかける。ジャスミンも手話を返し、モリーは「たしかに、そうだね」と明るい声を出した。

「いま何て言ったんだ?」ロベルトが、おそるおそる、といった調子で訊いた。

「じゃあまだ若いから、すぐ完治するね、って」とモリーがぼくたちに顔を向けて言う。ジャスミンに向けていた表情とは打って変わって、その眉はつらそうにひそめられていた。

オースティンにタックルした選手にはレッドカードが呈示され、数的優位に立ったカルドニアンはその後、試合終了間際に得点して一対〇で勝った。順位は八位のままだけれど、残留に一歩近づいた。カルドニアンはぼくたちが物心ついてからずっと三部の下位、残留争いの常連で、それでも一度も降格したことはないから、きっと今季も大丈夫だろう、というようなことをぼくたちは話し合う。オースティンは病院に直行したが、軽い打ち身程度だから、水曜日のカップ戦を回避するだけで済む、と実況が報告した。ぼくたちはほっと安堵の息を吐く。

中継が終わり、各地の試合結果を報じるスポーツニュースが終わって、ようやくぼくたちはテレビを消した。もう夜になっていて、夕食の準備ができていたけれど、お菓子とコーラで腹が膨らんでいたから、もう帰ります、とみんなは立ち上がった。ぼくの母親はジャスミンを見て感激してしまい、彼女が喋ることができないと知るとほとんど泣きそうになり、店から持って帰ってきたキャンディの大袋をプレゼントした。

「ジャスミン、大変ね、これでも食べて元気出して」横からモリーが腕を出し、袋を受け取る。ジャスミンは首を振って手話で何か答えた。母はモリーの通訳も待たずに満面の笑みを浮かべ、「気にしなくていいよ、何かあったらクレイグに言ってね」とジャスミンのやわらかそうな髪の毛を撫でた。

食事の匂いと母の賑やかな声に引き寄せられたのか、アーロンが部屋から出てきた。みんなが帰ろうとしているのに気づき、大股で近寄ってきて、ジャスミンの前で身をかがめる。

「ジャスミン、また来てな」煙草臭いのか、ジャスミンは不快げに顔をゆがめ、ちいさなくしゃみをした。アーロンは彼女を抱きあげて、重いな、と呟いた。

「木の足は重いんだって。身体が成長しきるまでは木で、大きくなったらカーボンの、少し高いけど強い足にするんだって言ってた」とアシュリーがしたり顔で言う。なるほどね、とアーロンは、パンツの裾から覗いた足を見下ろした。モリー、とその隙にぼくは話しかける。

「さっきジャスミン、何て言ってたの?」

「べつに大変じゃないよ」と早口で答えて、モリーは首を振る。「悪意があるわけじゃないのはジャスミンもわかってるよ、もちろん」
「うん、ごめん」とぼくは謝った。ジャスミンは抱え上げられて高いところで目を回している。飛べ飛べジャスミン、空を飛べ、と歌いながら身体を揺らすアーロンの足下で、アシュリーが、これは自分の仕事だ、とでもいうようにすばやい動きで、倒れた杖を拾い上げていた。

十七歳なのに二万ポンドの年俸を稼ぐオースティンはぼくたちの世代にとって希望の星だった。アシュリーの養父母は、アシュリーを引き取ったときは裕福だったけれど投資に失敗してしまった。モリーの家はジャスミンの医療費や義足の維持費なんかでいつも火の車だという。ロベルトの親はふたりとも郵便局員だから、生活は安定しているしそれなりに金はあるだろうけれど、カルドニアン・サッカー・アカデミーの月謝が高かったから、という理由で、ロベルト自身はほとんど小遣いを貰《もら》っていない。そしてぼくの家は、個人経営のスーパーでは家族四人と寝たきりの祖母を養うのにぎりぎりの収入しかない。一ポンドのハンバーガーを買うかどうかで五分も悩めるようなぼくたちにとって、二万ポンドというのはニュースかヴィデオゲームのなかでしかお目にかかれない、ほとんど非現実の金額だ。自分たちと同じだけの時間を生きてきたオースティンがカルドニアンを足場に世界のトップにのし上がっていく、その第一歩をぼくたちは今まさに目撃しているのだ。そうとでも思わないと、きっとこれから勢いを増すことはないだろう国の、三部リーグのクラブとケルト人が作ったとかいう古い城の残骸だけが誇りの田舎町に暮らすぼくたちに、将来の希望なんてない。

きのうジャスミンがさ、とモリーは、以前よりも明るい声で言うようになった。彼女が喋れないことを隠す必要がなくなったからだろう。それでもときどき、あまりにも妹の身体のことを軽々しく話すモリーに閉口して、ぼくたちは黙り込んでしまう。そういうときモリーは、あ、ごめん、とあっけらかんとした声で言い、わたしにとっては普通のことだから、ちょっと、ね、と話題を変える。

最初に耐えられなくなったのはアシュリーだった。いつもと同じ、高校のカフェテリアで、辺りは騒がしかった。ぼくたちが黙り込み、モリーが慌ててアシュリーのバンドの話をはじめようとしたのを遮って、モリー、と名前を呼ぶ。

「なんでおれたちに黙ってたんだよ、ジャスミンのこと」

「なんでって」モリーはテーブルをはさんで反対側に座るアシュリーを不思議そうな顔で見る。「どういうこと?」

「ジャスミンが喋れないってことをさ」とロベルトがアシュリーに加勢するように言う。

「理由なんて、ないよ」とモリーは笑う。「だってあの子はわたしのだいじちゃんだからさ、ひとりじめしたかったんだ、たぶん」

ぼくにはモリーの気持ちがわかった。モリーは、ジャスミンが義足だということだけぼくたちに話し、彼女が喋れないということは隠していた。それはたぶん、すべてを明かしてしまうと、重すぎるからだ。ぼくがアーロンを暴力的な兄に仕立て上げることでみんなの苦悩とのバランスを取ったように、モリーはジャスミンの身体の問題を、ぼくたちの苦悩に釣り合うような重さに調整した。きっとぼくたちと一緒にいるためにはそれが必要だった。ぼくにはそれがわかりすぎるほどにわかり、でもそのことを明かすわけにはいかないから、「理由になってない」とモリーを批難した。

「話してくれてもよかっただろ。ジャスミンがどうだって、おれたちにとってもジャスミンは妹なのに」とアシュリーが言い、急いで付け加える。「べつに付き合ってたときに会わせてくれなかったのがいやってわけじゃない、うん」

「アーロンのことだってモリーは聞いてくれたんだから、ぼくだってジャスミンのことをぜんぶ知りたかったんだよ」とぼくは同調する。そうするとみんなは突然静かになった。アーロンのことをいま言う必要はなかった、とぼくはすこし後悔する。

「やめてよ」と首を振るモリーの声は、ひどく冷え冷えとしていた。「みんな知らないくせに。義足着けたり外したり、ニス塗ったり、知らない人に壊された杖を直してもらいに行くのも、トイレに行くのが間に合わなくて漏らしたものを掃除するのも、わたしなんだよ。姉だからって。店のほうに連れてきちゃいけないからってずっとひとりで、」とそこまで言ったところで、アシュリーのほうを見て驚いたように口を閉じた。

ぼくたちはつられてアシュリーを見る。なんでアシュリーが泣くの、とモリーが唇を尖らせた。アシュリーは涙を拭いもせずに突然椅子から立ち上がり、ぼくの後ろを通ってテーブルを回り込んで、モリーの身体を横から抱いた。

「ちょっと、アシュリー」とモリーが身体をもぞもぞと動かす。でもアシュリーは離そうとしない。そろそろ昼休みが終わる時間だったけれど、カフェテリアはまだ人が多く、その視線がぼくたちに集まるのがわかる。一瞬の静寂のあと、囁き声がやかましく空間を埋める。「離してよ」

「こんなの、辛すぎるじゃないか」とアシュリーが言う。

「そうでもないよ」モリーが言い返す。「ジャスミンといっしょにいるのは楽しいし、店にいるとき以外はパパもママもいるし」

「自分にはどうしようもないことで苦しむなんて、辛すぎるじゃないか」

「そうでもないよ」と繰り返して、助けを求めるようにぼくとロベルトを見た。ぼくたちはどうしようか迷いながらも、とりあえず立ち上がってアシュリーを引きはがした。自分たちが何かの茶番に参加させられている気がした。それはロベルトも同じだったらしく、あとでふたりだけになったとき、付き合ってたときもあんなかんじで抱きしめてたのかな、とうっすら上気した顔で言ってきた。そういうこと想像するの、ちょっと気持ちわるいよ、とぼくは言ったけれど、アシュリーの動作はモリーに抱きつき慣れているように見え、どうしても、ふたりが恋人として過ごした一週間ほどのことを思わされた。

その六年後、モリーと恋人になったぼくは、そのときのことを思い出した。アシュリーの赤褐色の手がモリーの肌の上を撫でるさまを想像していたこと。ぼくたちが交際をはじめたのは一年遅れで大学を終えたモリーが故郷の街に帰ってきてすぐのことで、ぼくたちはそれからほどなくして結婚した。

そのころぼくは両親の経営するスーパーの職員になっていた。といってもまだ帰ってきて二年に満たないから、仕入れや経理なんかの重要な仕事は任せてもらえず、やることといえばパートタイムの職員の管理だけだった。なかには生まれてから一度も街から出たことのない人もいて、イングランドの銀行が発行した紙幣を贋金だと思って事務室に駆け込んで来ることもある。ちがう国ではあるけれどぼくたちの国とイングランドは同じイギリスだ。だからイングランドのポンドはとうぜん、ぼくたちの国でも使える。そう言い聞かせながらも、この金を店の金庫に入れるのはまるでぼく自身がイングランドへの服従を受け入れているように感じられ、釈然としない思いはあった。

帰郷したモリーは公営の図書館で働きはじめた。街のちいさな劇団と提携して、目が見えない人のために朗読CDを作っていた。ぼくたちの街に目が見えない人はそう多くなく、予算規模のちいさな図書館ではそんな、少数者に向けた仕事は歓迎されていないらしい。ぼくたちはお互いによく愚痴り合っていた。

モリーは歩くときいつもぼくの少し前を歩いた。それで、テーブルやソファの角を撫でたり、ちょっとしたもの、掃除機だのスタンドライトの頭だのを押し退けたりするのが癖だった。そのころのぼくには、モリーのその仕草の意味がわからなかった。理解できたのはずっとあとになってからのことだ。あれはジャスミンが生きていたころの癖だったのだ。杖が何かにぶつかったら潰れるように倒れるしかない、片腕がふさがり、ちょっとした障害物でも危険なジャスミンが安全に歩けるように、ずっとそうしていたのだろう。ジャスミンを助けながら育ったモリーは、それ以外の歩き方を知らないのかもしれない。そう思えたのはずっとあと、ジャスミンもモリーも死んでしまってからのことだ。そのころは何も知らず、ほとんど無邪気に、ぼくに気を遣って歩いてくれているんだ、と思い、その癖を愛おしく感じていた。

一緒に家の居間にいて、ぼくは日々パートの職員たちのシフトを組んだりタイムカードに印字された数字を勤怠システムに転記したりしていた。モリーは家にいるときはずっと新作小説を読み漁っていたけれど、それは音声化する作品を選ぶためであって、断じて娯楽のためではなかった。作業に飽いたらおしゃべりをした。モリーがアシュリーと付き合っていた一週間のこと、バナナを投げ込んだこと、それと、ぼくたちの結婚式のこと。

結婚式の夜、教会の庭でのダンスパーティの途中だった。バグパイプとエル・クランの演奏でハイランドダンスを踊っていると、しこたま酔っ払ったロベルトが突然テーブルの上に飛び乗った。キルトをひるがえしながら腰をくねらせて、スキャットマン・ジョンの真似をする。エル・クランのメンバーは機転を利かせて陽気なロンドから「スキャットマン」に切り替えたけれど、老齢のバグパイプ奏者は行進曲やら民謡のたぐいしか覚えていなかったから戸惑って演奏を止めてしまい、それに気づいた参加者たちもダンスをやめた。そうするともう、少し白けた空気のなか踏み散らされたテーブルのうえで、アシュリーたちの演奏を従えてでたらめなスキャットを続けるロベルトだけが残されてしまい、ぼくたちは呆然としてロベルトを見上げるしかない。その様子をおさめた動画を見せてやると、ロベルトはずいぶんと恥じ入っていた。ずっとあと、ロベルトが全裸でクイーンズ・ロードに乱入したあとで思い返せばあんなことは単なる宴会の余興で、二十四歳のあのころからずいぶん遠くに来てしまったものだと思う。

　こんなに遠くに来たの初めて、とモリーが言ったのはイングランドとの国境ちかくの湖沼地帯を訪れたときだった。ぼくたちの新婚旅行だった。ぼくたちは湿った土やちいさな沼の上に渡された木の遊歩道をふたりで歩いた。狭いから、とほかに誰もいないのに言い訳をして身を寄せ合い、腕を組む。湖のかたわらに、ぼくとモリーが手をいっぱいに伸ばしても抱きかかえられないような巨大な切り株があった。ぼくたちのベッドくらいにおおきなその切り口の上に並んで寝そべり、ぼくたちは手をつないで、曇った空を見上げる。雨が今にも降り出しそうなのに降らない、決して太陽が差すことはない、ぼくたちの街の上にあるのと同じ空だ。ちかくにはウッドデッキみたいなちいさな船着き場があるが、ボートは舫《もや》われていない。きっと湖のどこかに浮かんでいるのだろう。モリーは空を見上げたまま、よかった、とつぶやく。

「なにが？」と僕は訊いた。

「一緒に来られて。ジャスミンがいるうちはわたし、こういうところ来られなかったから。ほら、あの道、あの子の足だと辛いし」

「そうだね」と僕は頷く。ジャスミンはぼくたちが高校生だったころ、秋の終わりに事故死していて、それ以来、モリーが彼女について話すのはこれがはじめてだった。

「ねえ、クレイグ」とモリーは手にぎゅっと力を入れてくる。「これからはクレイグが、わたしのだいじちゃんだからね」それから手を離し、寝返りをうってぼくのほうに身体を向ける。それから自分を指さして、心臓の上に両手を重ね、さいごにぼくを指さした。

付き合いはじめたころからぼくはモリーに手話を教わっていた。四人で集まっていてもときどき、ほかの二人には知られたくない言葉を交わすときや、口に出すのが恥ずかしい思いを伝えるときにつかう。たとえば今みたいに、愛してる、とか。言語をいちから習得するのは大変だけれど、シンプルな言葉を伝えるくらいならできるようになった。

「うん」とぼくは頷いて、おなじ言葉を返す。「いろんなところに行こう、エディンバラなら案内できるし。ロンドンとかパリとか、外国にも行こう。アメリカもきっと楽しいし、アフリカもいい」

「中国とか日本とか、オーストラリアとか？」

「サッカー観るならブラジルとか、南米も楽しいよ」

「わたし、ほんとはサッカーべつに好きじゃないんだけどね」とモリーは笑う。「みんなと一緒に観るのが楽しかっただけで」

モリーの言う「みんな」に、ジャスミンが入っているのかどうか、ぼくにはわからなかった。ぼくたちと過ごす時間よりジャスミンと一緒にいるほうが長かったモリーにとって、ぼくたちと妹のどちらが大きな存在だったのか、ぼくは知らない。ジャスミンはぼくたちにとっても妹のような存在だった。でもジャスミンにとっては、たぶんぼくたちは兄じゃなかった。だから最後まで彼女は、ぼくたちにすこしよそよそしかった気がする。

ぼくの家で一緒に試合を観て以来、モリーはときどきぼくたちの集まりにジャスミンを連れてくるようになった。ジャスミンは何か言いたいことがあるとモリーの袖を引き、ぼくたちには視認することすらできないくらいのスピードで手を動かす。きっと声に出していればほとんど早口言葉みたいな彼女の文章を、モリーはきちんと読み取って、ぼくたちに通訳してくれた。モリーは自分の言葉と通訳した文章を区別せずに話すから、ぼくたちはときどきモリーが喋る言葉が、ジャスミンのものなのか、それともモリー自身のものなのかわからなくなった。モリーが席を外すとジャスミンはもうぼくたちと意思の疎通がとれなくなり、強制的に黙らされてしまう。みんなも手話憶えてよ、と不満げに言っていたわりに、モリー自身が通訳の立場を楽しんでいるふしがあって、モリーがぼくたちに「こんにちは」と「ありがとう」以外の言葉を教えてくれることはなかった。

ジャスミンは少しずつぼくたちの間に馴染んでいった。十三歳の、アシュリーとロベルトが喧嘩をした日からいつも四人で一緒だったぼくたちが、五人に増えかけていた。

その矢先のことだった。ぼくたちはモリーの家にいた。モリーの両親はふだん家の一部を改装したレストランにいて、居間までやってくることはめったにない。だからぼくたちは安心して気を抜くことができた。そのときも、みんなだらしなくソファに身を投げ出していた。昼間に家にいたということは土曜日か日曜日で、でもテレビをつけてはいなかったから、カルドニアンの試合の日じゃなかった。ジャスミンはモリーの隣で、ひじかけに身をもたせかけていた。義足は外していた。これ、重いんだ、と彼女は、モリーの口を通して言った。「はやくカーボンのにしたいな。――ちゃんと身体が大きくなったらね」モリーは一人芝居をするように言う。「でもこのままだと重すぎて、左足だけマッチョになっちゃうよ。――まあね。でも、そのくらいでいいんじゃない?」

そういうもんかね、とロベルトが言い、リモコンを取り上げてテレビをつけた。なにかつまらないリアリティショウをやっていたと思う。ちゃんと見ていなかったから、中身はまるで憶えていないけれど、アメリカの大統領のそっくりさんがMCのタレントに「イギリスにも黒人はいるのか?」と言わされていて、アシュリーが不快そうに顔をしかめていたのは記憶に残っている。でもチャンネルを変えるような露骨な反応をすると、まるでアシュリーの肌の色をみんなが気にしていると示してしまうような気がして、誰も動かなかった。

そのあと、ジャスミンが行きたがったから、みんなでぼくの両親のスーパーまで歩いた。杖をつくジャスミンのまわりをぼくたち四人が護衛するように囲んで、彼女はお姫さまみたいだった。モリーから聞いていたとおりジャスミンは活発で、スーパーでもぼくたちから離れてひとりでコスメコーナーをうろうろし、慌てて追いかけたモリーに叱られていた。

　モリーがジャスミンをぼくたちのところに連れ戻してすぐのことだった。青果コーナーの向こうから男がやってきた。ぼくたちと同じ高校の最上級生だ。お互いに顔は知っているけれど名前も性格も知らない、程度の間柄。彼は五人で連れ立っているぼくたちに目を留め、それからジャスミンをじっと見る。小柄で、義足はパンツのなかに隠れていても、杖をついて身体が傾いている。ぼくたちの顔は知らなくても、街にひとり足が不自由な少女がいることは、きっと彼は知っていたのだろう。嘲るような表情を浮かべ、近づいてくる。

「ジャスミン、」アシュリーが囁く。「おれの陰に――」

　でもジャスミンは、アシュリーが言い終わるより早くモリーの袖を引いた。それから手話で何か言う。

「――ほんとに？　――見たの？　――わかった」とモリーは言い、ぼくに目配せをしてからレジカウンターのほうに向かった。上級生は様子を窺うように、立ち止まってモリーの背中を見やった。ぼくたちもお互いに顔を見合わせる。アシュリーもロベルトも首を捻り、ジャスミンだけが思い詰めたような表情で上級生を見つめている。店内のＢＧＭは休日昼下がりのスーパーに似つかわしくないスピードメタルで、きっと父の趣味なんだろう、とふと思った。音量が抑えめなのは彼なりの良心なのかもしれない。そんなことを考えていると、ほどなくして、モリーが「店長」の名札をつけたぼくの父親を連れて戻ってきた。父はぼくを見てちいさく頷く。彼が来たのに気づいて、上級生はぼくたちに背中を向けてそそくさと離れていこうとする。

「君」と父が呼びかけた。「ちょっと待ちなさい」

上級生はいきなり走り出したけれど、店の出入り口にはすでに別の店員が回り込んでいる。父も走り出し、むかしはヘヴィメタルをやっていたという太い腕で彼を捕らえた。しばらくは必死に抵抗していた上級生も、大人の男二人に挟まれて観念したらしく、父に肩を摑まれて事務室へと入っていった。

ふう、とロベルトが口笛を吹くように息をついた。ジャスミンは全身を震わせて杖にすがりついている。その表情はいまにも泣き出しそうだった。そう思っていると彼女の右足から力が失われ、ずるずると崩れおちていく。おしりが床につくぎりぎりで、アシュリーが彼女の肩を捕まえた。それで安心したのか、ジャスミンはアシュリーの腕に身体を預けて涙をこぼした。

やがて事務室から父が出てきて、ジャスミンと、通訳としてモリーも連れて行った。ぼくとアシュリーとロベルトはその場に残されて、グレープフルーツとオレンジはなんでこんなに似てるのに値段が違うのか、みたいなことを話し合っていた。どうやら上級生が万引きかなにかをして、それをジャスミンが目撃したらしい、ということはわかったけれど、ぼくたちはみんな、さっき見たことについて話すのを避けていた。

三人が事務室から戻ってきたのはたっぷり十分ほども経ってからだった。父はこわばった表情のまま、「ありがとう」とぼくたちに言い、事務室に戻っていく。ジャスミンの顔はさっきとは打って変わって晴れやかで、対照的にモリーの表情はすぐれない。ぼくたち三人はふたりのその様子をどう解釈すればいいかわからず、ただお互いに何か言うよう顎をしゃくりあった。上級生はけっきょく、ぼくたちが無言のまま店を出るまで、現れることはなかった。

事情がわかったのはモリーの家に戻ってからのことだ。ぼくたちは再びソファに座っていた。半額で買ってきたポテトチップスもコーラも、いつもほどに美味しくはなく、また大統領が出てきてはかなわないからテレビもつけられない。居間は静まり返って、ただコーラの甘ったるい匂いだけが漂っていた。

「――つまり何があったんだ?」口火を切ったのはロベルトだった。ジャスミンがびくりと身を震わせる。

「ロブ、怒らないで聞いてね」とモリーが前置きして話し出す。「あの人は万引きなんてしてなかったの」

「どういうことだ?」

「つまり――」とモリーが続けようとすると、ジャスミンが手振りで何かまくしたてる。「あの人はわたしのこと嫌いだから」

「知り合いっていうこと？」とぼくは訊く。ジャスミンは首を振った。

「知らない。でもあの人、前ジャスミンとすれ違ったとき、杖を蹴ってきた人なんだって」

「ああ――」とアシュリーが首を振る。

「わたしも事務室でこの子が言うまで気づかなかったんだけどね」

「それで、あいつが向かってきたから、また何かされると思って――」

「嘘ついたのか？」ロベルトがアシュリーの言葉を遮って言う。「おれたちも騙《だま》した？」

ジャスミンはちいさく頷く。

「でも、しかたなかったんだよ」とモリーは弁解する。「だって――」

「いいかジャスミン。おれたちは親友なんだ。おれたちと一緒にいたいなら、おれたちを騙すな」とロベルトがきつい口調で言う。

「でも――」モリーがジャスミンの手振りを見ながら反駁《はんばく》する。「ほんとうは嘘なんて嫌だよ。でもあのときはそうしないとだめだったの」ぼくたちにはそれがジャスミンの言葉なのかモリーの思いなのかわからない。

「だからって嘘はだめだ。おれたちはみんなさらけださないと――」

「なんでそんなことする必要があるんだよ」とアシュリーがロベルトに突っかかる。「自分を守るためについたんだ。そのためにはどんな手段だって使わないと」

「うん」とジャスミンとモリーが頷く。

「なんだよ――」ロベルトは気圧《けお》されたように両手を広げる。「おいクレイグ、なに黙ってんだよ。おまえも同じなのか？　嘘はオーケー？」

「おれは――」と言ったきり、ぼくは続けられなかった。みんなと知り合ってからずっと嘘をつき続けているぼくには、ジャスミンであれ誰であれ、その嘘を怒ることなんてできない。ましてぼくの嘘は自分を守るためのものじゃない。みんなといるためだ。みんなといたいから、なんて自分勝手な理由でみんなを騙しているぼくには、ジャスミンに何か言うことなんてできない。

「なんだよ――」ロベルトは吐き捨てるように繰り返し、ぼくを諦めてジャスミンに身体を向ける。「おいジャスミン――」

彼がそう呼びかけたところでジャスミンはなにか甲高い声で叫び、激昂したように肩を怒らせ、モリーの太腿とソファのひじかけに手を突いて立ち上がろうとした。でも義足も杖もなかったから、彼女の身体はあっけなく左に倒れた。ぼくたちは言葉を失って、ただその動きを目で追い、床にぶつかる震動を感じていた。ぼくたちは何に憤《いきどお》っていたのかを瞬時に忘れて、ジャスミンの顔を覗き込む。絨毯《じゅうたん》の上で仰向けになって、ジャスミンは何が起きたのかわからないように数度まばたきをした。

「――ジャスミン？」アシュリーが戸惑ったように訊く。「どうした？」

ジャスミンの顔がくしゃっと歪む。泣き出す、と思った瞬間、低いうなり声が聞こえた。ぼくたちは最初、それがどこから聞こえているのかわからなかった。でもすぐに気づいた。その声は床のうえ、ジャスミンの口から発されているのだ。NO、とジャスミンは言っていた。どういう意味のNOなのかはわからないけれど、彼女は低く喉から引き絞るようにしてその一単語を発音し続けていた。

ぼくたちは気まずくなって、そそくさとモリーの家を出た。それ以来、モリーがぼくたちの場所に妹を連れてくることはなくなった。あんなにいつも、辟易《へきえき》するくらい話していたジャスミンのことも、まるですっかり忘れてしまったように話題に上らなくなった。だからぼくたちが最後にみたジャスミンはあの日の、唸るようにNOと言う姿だ。

その日の夜の食卓でも、父は何も言わなかった。事情を聞いていたらしい母は、これジャスミンに、と言って、色つきのリップをぼくに渡してきた。ぼくは翌日それをモリーに預けたけれど、その日以来ぼくたちがジャスミンの話をすることはなくなったから、彼女がリップを受け取ってどう思ったかはわからない。

ジャスミンが六歳で死んだとき、彼女のポケットにはそのリップが、未使用のままで入っていた。スーパーでの出来事から一ヵ月も経たないある日、ジャスミンはあっけなく死んだ。ひき逃げだった。ぼくたちは学校にいて、あとで振り返ると事故が起きたのは、ぼくたちがカフェテリアの隅で喋っていた時間だった。かつかつと遠くで聞こえていた杖の音が乱暴なエンジン音に遮られ、止んだ。通報した目撃者は、すくなくともこの街の車じゃない、と言ったという。こんなちいさな街で、街の人間か余所者《よそもの》かなんて車を見ればわかる、と。警察がそう発表するのとほぼ同時に、べつの目撃者が車のなかにAFCクレナディンのフラッグを見たと証言した、という噂が流れた。クレナディンはカルドニアンとおなじ三部リーグに所属するチームだ。ホームタウンもちかく、ライバルクラブと言っていい。そんなとこを見る余裕があるならナンバープレートを憶えててくれれば、とも思う。でもきっとぼくたちだって、ややこしい文字列なんかより、隣町のライバルのエンブレムに目を惹かれてしまうだろう。

ジャスミンがなぜひとりで家を出たのかはわからない。現場は彼女の家とぼくたちの学校の間だったけれど、モリーですらスクールバスに乗る距離を、足が不自由で道もよく知らないジャスミンが歩こうと思うはずがない。そもそもそれまでジャスミンは、両親がレストランに、モリーが学校にいる時間はいつも家にいて、勝手に外に出ないようにきつく言い聞かせられていた。それで当初は誘拐かなにかの線でも捜査がすすめられていた。でも証拠はなにも見つからず、けっきょくジャスミンが自分の意思でひとりで出かけて、外から来た不注意な車に轢《ひ》かれたのだろう、という結論が出された。ジャスミンの杖は死体が見つかったところからずっと離れた草むらのなかにあり、よほどの距離を引きずられたらしいとわかる。木製の義足だけがほとんど無傷のまま、彼女の身体のかたわらに力なく横たわっていた。ジャスミンは成長しきるまで生きることができなかったから、その足がカーボン製のものに付け替えられることはない。

「もう手話で、誰かと話すことってないのかな」二日後、学校のカフェテリアで、モリーは長い長い沈黙のあとでそうつぶやいた。自分が口にしたことに気づいていないのか、モリーの肩に手を置いたアシュリーを不思議そうに見つめる。それから、わたしのせいだ、と言った。ジャスミンは、あの上級生に転ばされて以来、勝手に外に出たりなんてしなかった、それがいきなりひとりで出かけたのはわたしがあの子を、連れ出したからだ、外に、わたしたちの場所に、ジャスミンはきっとわたしたちに会いたくて、学校に来ようとしたんだ。

「そんなことない」とアシュリーが言う。ジャスミンが死んだときに集まっていた場所にまた行くのは躊躇われたけれど、昼休みに入るとぼくたちの足は自然に動き、けっきょくいつものテーブルに座っていた。でもモリーは何も喉を通らないらしい。無理矢理口に詰め込むわけにもいかないし、そんなモリーの前でおいしそうにマトンのパイや何かを頬張るわけにもいかず、ぼくたちの前には飲み物だけが置かれていた。

「悪いのはクレナディンの連中だよ」とロベルトが息巻くように言う。ひき逃げのあった日の夜、クイーンズ・ロード・フィールドでクレナディンとのリーグ戦が行われていた。結果はカルドニアンが三対〇で勝った。ライバルとはいえクレナディンはカルドニアンより強く、複数点を取って勝ったのなんて、ぼくたちが知るかぎり、それが初めてのことだった。警察は何も言っていなかった。でもぼくたちの街で、ライバルとの一戦を前にして攻撃的になったクレナディンのファンが犯人だというのは、もはや定説になっていた。「警察だって、すぐにクレナディンのサポーターを全員逮捕してくれりゃよかったのに。犯人はその中にいるんだし、そうすりゃあっちは応援席がからっぽになって、きっと十対〇で勝てた」

「そんな場合じゃねえだろ」ぼくは思わず乱暴な声を出してしまう。「いや、つまり、それを言うなら試合中止にするべきだったたっていうか、」

「それも変だよ」アシュリーが呆れたように言う。「な、モリー？」

「いまはカルドニアン、どうでもいいよ」

「そうか、そりゃそうだよな、おれもそう思う」とロベルトが早口で同意する。それでも話はジャスミンから逸れ、オースティンのハットトリックで勝ったその日の試合のことになった。今シーズン、クレナディンとはそれが四試合目だったから、リーグ戦ではもう来季まで対戦することはない。お互いカップ戦をあと二回戦勝ち上がれば今シーズン中にもういちど戦える、そのときにやり返そう、とぼくたちは言い合う。試合では勝ったのに何をやり返すつもりなのか、ぼくたちは言わない。モリーも無言のまま、オレンジジュースをストローで啜っていた。

ジャスミンの死は、ぼくたちにとってはもちろん、大きな事件だった。でもぼくたちの街にとってはちいさなことで、たいした影響を残すことはない。ジャスミンの身体が不自由だったことはそれなりに同情を集めたし、モリーはときどき街で見知らぬ人から、あなたとあなたの妹のために祈らせてくださいと、なんて呼び止められることもあった。でもそれだけだ。ひとりの少女が死んだことに、大きな意味なんて与えられない。犯人はけっきょく捕まらず、しばらく続けられた捜査でも何も見つからない。解決する望みはほとんどないし、仮に解決したところで、ジャスミンは戻ってこないのだ。ぼくたちはジャスミンの葬儀に参列し、しばらくの間黒い服だけを着た。誰かの家でカルドニアンの試合を観るときですら。

モリーの表情はあまり動かなくなり、そのかわりにときどき手話で自分の感情を表すようになった。たとえば、誰かが冗談を言ってほかの二人が笑うときも、モリーは無表情のまま、顔の前で手を交差させて動かす。笑う、という意味らしい。ぼくたちは、ほんとに夢中で笑ってるならそんな動きできないだろ、と混ぜっ返した。

「そうだよ」とモリーは首を振る。「笑えるなら笑ってる。だからこの手話は、自分が笑いたいってことを示したいときにつかうんだ」

僕たちがリベンジを期していたカップ戦で、カルドニアンは翌週の試合で四部リーグのチームに負けた。だからぼくたちは復讐することができなかった。ホームゲームではあったけれどクイーンズ・ロード・フィールドに行く気にはなれず、ぼくとロベルトとアシュリーは、ロベルトの家でその試合を観た。試合後ぼくたちは、一週間前に「やり返そう」なんて言い合ったことを忘れて、どうせ優勝できないんだから体力を浪費しないだけ良かった、また来年、と言い合った。

その翌日、モリーは学校に来なかった。ロベルトがメールを送っても返事はなく、妹が死んだばかりだし昨日もロベルトの家に来なかったから、とぼくたちは大げさに心配して、カフェテリアから何度も電話をかけた。ようやく電話に出たのはモリーではなく知らない男性の声で、彼はこの電話の持ち主が、昨夜逮捕されたのだ、と冷たい声で告げる。彼は警察官だった。

「なんでですか」ぼくは勢い込んで訊く。「なんでクレナディンのやつらじゃなくてモリーが?」

「クレナディン?」と彼は訝しげな声を出す。「クレナディンじゃない、カルドニアンですよ。カルドニアンの試合後にクイーンズ・ロードに忍び込んでね。不法侵入の疑いで、警備員に取り押さえられた」ぼくは携帯電話を耳に当てたまま呆然とした。ロベルトやアシュリーがぼくの身体を突っついて、逮捕ってどういうことだよ、と言ってくる。「スタンフォード・ブリッジなんかとはちがってちいさなカフェしかない、資料館もなにもない、柵も低いし客席も狭いから、入るの自体は簡単だっただろうね。深夜のクイーンズ・ロードでなにをやってたのか、ただアウェイ側のゴール裏でぼうっとしてたらしい。君は、彼女のお友達?」ロンドンの英語だ、とぼくはふと思った。ぼくたちの街の訛《なま》りもケルト人の言葉の影もいっさいない、きれいなクイーンズ・イングリッシュ。それでぼくは何も言わずに電話を切った。なんでロンドンの人間にぼくたちが裁かれなくちゃいけないんだ。ぼくはロベルトとアシュリーに電話の内容を説明した。

「それはまた」アシュリーは苦笑いしながら言う。「モリーもすごいことするなあ」

「おまえほどじゃないだろ」とすぐにロベルトが混ぜっ返す。バナナ事件はこのときにはもう、ぼくたちの間では笑い話にできるくらいに古びていた。アシュリーはまだ、クイーンズ・ロードに出入り禁止のままだったけれど。

「そうだな、最初がおれ、昨夜がモリーだから、次にクイーンズ・ロードで何かやるとしたらおまえらのどっちかだ」とアシュリーはにやにやと言う。「どっちだろうな」

「おれがやるわけないだろ、元選手なのに」とロベルトが言い、そうするとまるでぼくが何かやらないといけないように感じられて、ぼくは慌てて首を振る。

「それよりモリーだよ、なんであんなことしたんだろう」

「さあなあ、」とアシュリーは首を捻る。「それに深夜のクイーンズ・ロードなんて、その電話のロンドン人じゃないけど、何もないだろ、ロブ」

「モリーはカルドニアンのものならなんでも欲しい、みたいなタイプじゃないもんな」とロベルトは腕を組む。「それに、そんならおれに言えばいいんだ。オースティンのサインでもなんでももらえる」

三人で話し合っても結論なんか出ない。モリーはその日のうちに釈放された。未成年だし、何かを盗んだり壊したりしたわけでもない。妹が死んだばかりで動揺していた、というのも加味されたのだろう。その日の地域ニュースでの報じられかたも、地元の無害なティーンエイジャーがちょっとはしゃいだ、くらいの扱いだった。今は三部の下位だからいいけど、まんがいち一部にでもあがって人気が出たら、警備も強化しないといけませんね、とカルドニアンOBのコメンテーターがつまらない冗談を言うような口調で言い、スタジオにおざなりな苦笑がひろがって、その話題は終わってしまった。

「で、モリー、なにやってたんだよ」とその翌日ロベルトが、カフェテリアに着くなり問いかけた。まるでいまもカルドニアンの一員であるかのような詰問口調だった。

モリーは、二日前に警察沙汰を起こしたばかりだというのにひどくあっけらかんとした声で、なにっていうかさ、と前置きして話しはじめた。もともとモリーは、べつに、それほど、期待していたわけではなかった。ジャスミンのためにやり返そうとぼくたちが言ってくれるのは嬉しかったけれど、そんなことを望んでいるわけではない。もちろん相手は四部のチームだから勝てるはずだ、とは思っていた。でも勝てばそれでいいし負けたところで、何かが変わるわけでもない。そもそも優勝はどうせレンジャーズかセルティック、一部の強豪クラブで、カルドニアンの選手たちですら、きっと自分たちが決勝まで進めるとは思っていない。その点ではぼくたちはみんな同意見だったのだ。とにかくモリーは、その日はロベルトの家に集まっていたぼくたちとは一緒におらず、ひとりで家にいた。ジャスミンの死からすでに一週間が経っていて、レストランは営業を再開していた。だから両親は店のほうにいた。いつもならジャスミンと話したりいっしょにヴィデオゲームで遊んだりしていた時間、ひとりで何をすればいいかわからず、モリーは結局テレビをつけた。〇対一でカルドニアンが負けていた。モリーは見ていなかったけれど、結局その試合唯一の得点だった敵チームのゴールは、すごくぶざまなオースティンのミスによるものだった。なんでもないバックパスなのにへんなスピンをかけ、ゴールキーパーの手前でボールが止まってしまい、それを敵のストライカーにかっさらわれて、キーパーとの一対一を制された。選手としての人生で一度あるかないかの凡ミスだ。モリーは試合が終わるまでの三十分間、一度もまばたきをせずにテレビを見ていた。少なくともモリーは、自分がまばたきも呼吸もした記憶はないし指一本微動だにしなかった、と言っていた。ぼくたちはそれを信じる。試合は〇対一で終わり、カルドニアンのカップ戦はあっけなく終わった。クレナディンとは戦えないんだ、とモリーはふと思った。ぼくたちがとっくに忘れていた軽口をモリーは憶えていた。ただの冗談、勢いで言っただけの言葉だと思ってたのにカルドニアンが負けて俯いて力なく横たわってるのを見てるとそれが思い出されて、自分がみんなの軽口になにかを期待していたのだということがわかって、それで、モリーは外に出た。まだ夜の九時を過ぎたところだった。表のレストランでは、客のリクエストでカルドニアンの試合をテレビに映しているらしく、大番狂わせ、まさか四部のチームに屈するとは、と実況が騒ぐ声が漏れており、ひとびとのざわめきや食器のぶつかる音がノイズのように聞こえていた。モリーは店の入口があるのとは反対方向に歩いた。今はもう、ひとりで出歩いても罪悪感に後ろ髪を引かれることはない、とふと思い、それは果てしなく寂しいことであるはずなのになぜか心が軽やかに感じられて、モリーは歩き出した。その方向には学校があり、さらに先にはクイーンズ・ロード・フィールドがあった。だからジャスミンが事故に遭った現場も、モリーは通ったはずだ。すすきが揺れてた気がする、とモリーは言う。夜の明かりにすすきが照らされてた。夜はジャスミンには危ないし、ひとりで家に置いておくわけにはいかないから、モリーが親の車ではなく、自分の足で夜中に外に出るのは、ほとんどはじめてのことだった。すすきが揺れてたし、車はずっとどこかで走ってるし、虫？　鳥？　なにかがずっと鳴いてる、夜はうるさかった。モリーは学校の前に着いた。まだ部活動をしている生徒がいるらしく、校門の中は煌々《こうこう》と明るく、ボールの音や鋭い声が聞こえてくる。あの日、ジャスミンがほんとうに学校に来ようとしていたのかどうかは誰にもわからない。モリーはしばらくの間その場にたたずみ、やがて歩き出した。その先にあるのはクイーンズ・ロード・フィールドだけだ。試合観戦を終えた人々とすれ違った。みな上気した顔で、負けたのにずいぶんと楽しそうに試合の感想を話し合っていた。オースティンのふがいなさ、敵のストライカーの爆発的なスピード、今後のリーグ戦の展望のこと。なかには見知った顔もいる。でも彼らは、モリーとすれ違うときちゃんと道を空けてくれるのに、そこにいるのがモリーだとは気づかないようだった。クイーンズ・ロードから市街地に向かう車道は渋滞していた。カルドニアンのファンは敵チームのファンらしい車を見つけるとブーイングを飛ばしていた。もうこのまま決勝までいっちまえ、と激励する者もいた。モリーは誰ともぶつからずにクイーンズ・ロードに着いた。観客は全員退場し終えていた。カルドニアンのエンブレムの入ったチームバスが車庫から出てきて、スタジアムちかくに残っていた観客たちの注意が引きつけられていた。ピッチ上では試合後の芝の整備が行われていたけれど、観客席の清掃がされるのは翌日、明るくなってからだから、そのときは誰もいなかった。省エネのためなのか、四基あるナイターの明かりのうちみっつは消されており、その足下は真っ暗になっていた。モリーはいちばん暗いあたりの柵を乗り越えて中に入った。とくに音を潜めなくとも、スプリンクラーや芝生に空気を入れるスパイキング作業の音がうるさくて誰にも聞こえておらず、ナイター灯の足下にしゃがんだモリーに、誰も気づいていなかった。モリーはしばらくそのまま座り込んでいた。用具係たちがゴールを運び、コーナーフラッグやスポンサーの看板、ずらっと並んだプレスのパイプ椅子を片付ける。グラスキーパーたちがピッチを歩き回り、芝の調子を確かめている。スライディングや何かで芝に空いた穴が埋められて木槌で叩かれ、隙間にあたらしい苗が、ひとつひとつ手作業で植えられる。その上を整備車両がゆっくりと走り、芝の倒れる方向を整える。そうやって作業が続くのをぼんやりと見ているうち、誰も自分に気づいてくれないのがつまらなくなり、モリーはちいさな声で歌い出した。アシュリーがいつか、たぶんモリーと付き合っていた短い間に、ぼくたちに内緒でこっそり教えてくれた曲だった。ちかい将来、エル・クランがクイーンズ・ロードに招待されたときに初披露するんだ、と言って。ちいさなハミングが歌声になり、それでも誰も気づいてくれない。だんだん大胆になっていき、モリーは立ち上がってその辺りを歩き回る。それでも大人たちは芝に集中していてこちらを見てくれない。次は何をしてやろうか、と思ってふとモリーは、明かりを落としたナイター灯を見上げた。電球の交換や整備のためだろう、三ヤードくらいの高さから上に細い梯子が打たれていた。もちろん背伸びしたところで届く高さではない。でも、観客席のうしろの柵の上からなら届く。そう思いついて、モリーはのぼりはじめた。夜気に冷えた鉄の棒が指につめたい。スプリンクラーにふくまれているらしい薬液の匂いが、ピッチから離れたそこにも届く。モリーはアシュリーの曲を歌いながらゆっくりとのぼっていった。上に行くにしたがって空気が冷え、つめたい風が吹き寄せてくる。不安と恐怖でだんだん声が大きくなっていき、誰か気づいてよ、とずっと下にいるカルドニアンのスタッフたちに憤りすら抱く。モリーの体感ではもう何年も何年ものぼっていた気がするけれどきっとそんなには経っていない、十五分ほどでモリーは頂上に着いた。着いたところでそこに記念品があるわけではなく、モリーの顔くらいあるおおきな電球や避雷針や、モリーには目的のよくわからない諸々の機械が並んでいて、整備のための足場が張られているだけだった。金網状の足場にハンカチを敷いて座る。長方形の緑のピッチはモリーの手のひらに収まりそうなほどちいさく、そのうえに散らばる人も整備車両もスプリンクラーも、誰もモリーを見上げることなく働いている。それで、とモリーは、不意にいたずらっぽい笑顔を作って言った。書いてやったんだ、あの電球に。六×四列あるうちの、左上のはしっこ、K－048Bってコードが書かれた電球の表面に、あのリップ、一度も使われないままあの子のポケットに入ってたリップで。何て書いたの、とぼくが訊くとモリーは、ぼくたちの顔を見回して溜めをつくってから、肛門《asshole》、と短く言った。単語を言い終わる前にロベルトが噴き出し、アシュリーは顔をしかめてみせようとしたけれど我慢できずに笑ってしまい、ぼくも腹を抱えて笑う。なんかほかに書くことあるだろ、と息も絶え絶えにアシュリーが言う。それ以外に何があるっていうの、とモリーはお澄ましする猫みたいな顔をつくり、それから自分に言い聞かせるように付け加える。ウォータープルーフだから消えないよ、永遠に消えない、と。

じゃあこれから、夜にクイーンズ・ロードで試合をする選手たちはみんな、モリーが書いたasshole に照らされていることになるな、とアシュリーがにやにや笑いながら言う。みんなモリーの肛門のなかで試合すんだな、とロベルトが言い、ぼくたちは四人同時に噴き出した。

そのすぐあと、ぼくはエディンバラに引っ越した。大学に通うためだ。アシュリーはぼくの両親の経営するスーパーで働きながらバンドをつづけ、ロベルトは地元のパブの見習いになり、モリーは一年おくれで隣町の大学に入った。クレナディンのある街の大学に。ぼくたちはいったんばらばらになった。ぼくは一度も帰省しなかったから、その間、故郷の街で何があったのかは、伝聞でしか知らない。

ロベルトはクイーンズ・ロード・フィールドちかくのパブで働きはじめた。それは生活するためというより、カルドニアンのサポーターグループでの活動費を稼ぐためだった。十八歳でグループに入ったロベルトは、もとカルドニアンの選手だからかどうかは知らないけれど、急速にその地位を高めていた。グループの構成員は数百人もいて、身分が高いものでなければゴール裏のいい位置で応援することはできない。ぼくが大学を終えて帰郷してくるまでの四年間でロベルトは最前列の端のほうでチームフラッグを振るまでに昇進していた。そんなに早い出世はグループ始まって以来のことで、ロベルトは、次世代のリーダー候補だと目されていた。チームはオースティンが、サポーターグループはおれが背負って立つってことだ、とロベルトは誇らしげに言った。

モリーは大学に入ったときから障害者福祉の仕事に就くと決めていたらしく、あちこちの支援施設にボランティアにおもむいていた。

「なにもそんなことしなくたっていいだろうに」ぼくは電話でその話を聞いたときに言った。

「思い出したくないことだってあるんじゃないの?」

「そうだけどさ」モリーは苦笑したらしく、受話器が息の音を拾った。ジャスミンが死んで、手話を使う必要がなくなっても、いちど憶えた言語はそう簡単には忘れられない。事故の日からどれだけ経っても、何か言葉を口にすると、同じ内容を表すのには手をどう動かすか、というのを身体が思い出してしまう。それならいっそ、手話を妹との会話のためでなく、仕事のためのものにしてしまえばいい。モリーはそう言った。ぼくはふと、アーロンについての嘘のことを白状してしまおうかと思ったけれど、打ち明けかたを考えている間に電話は終わってしまった。

その後モリーは手話だけでなく点字も覚え、医療補助の免状まで取得した。エディンバラやロンドンの、高給を受け取れる職場に紹介しようか、と教授に打診されていたのにすべて断って、地元の街の図書館に就職した。

アシュリーはぼくがいない四年の間にスーパーの副主任になっていた。アルバイトの人事管理の仕事を一手に引き受けている。キーボードと同じくらいレジ打ちが巧くなった、どっちもキーを押す仕事だから、両方が両方の練習になってるんだろうな、と電話で笑っていた。てぃる、てぃる、てぃる。エル・クランはまだ、クイーンズ・ロード・フィールドでのコンサートを開いていない。モリーにこっそり教えたという曲も披露されないままだ。エル・クランは街にひとつきりのライヴハウスのなかではいちばんの人気バンドになっていた。それでもまだ、レコード会社からのスカウトはやってきていない。だから週に一度のライヴが、アシュリーたちの唯一の活動だった。

そして、ぼくが知らないうちに、エル・クランにはアーロンが加入していた。ぼくがエディンバラに引っ越して最初の週末、そのときはまだがら空きだったエル・クランのステージを、アーロンが観に来たのだという。最前列にいるのに仏頂面で、いっさいリズムに乗ってくれなくてやりづらかった、とアシュリーは言っていた。アーロンは演奏を終えたエル・クランの楽屋にやって来て、とつぜん、おまえらのベースはクソだ、おれをリーダーにするなら加入してやってもいい、と言い放ったのだという。そうすりゃ明日にでもクイーンズ・ロードを満員にできる、でもそうしなきゃ、永遠にしょぼい前座バンドのままだぞ、と。そのころ世界的な人気を博していたイングランドのバンドの結成秘話そのままの台詞だった。アシュリーはもちろんそのエピソードを知っていたし、自分たちのバンドを貶《けな》されていい気はしなかったものの、活動に行き詰まりを感じていたところだったから、ベーシストを説き伏せて急遽、アーロンのオーディションを行うことにした。暴力のこと、おまえから聞いてたから、こわくてさ、とアシュリーは言い訳をするように言う。アーロンはエル・クランのギターとドラムといっしょにモーターヘッドの「ステイ・クリーン」を演奏した。その曲にはキーボードのパートはなかったから、アシュリーとベーシストが審査員になった。アーロンは頼んでもいないのにヴォーカルも務めた。彼の歌声はひどいもので、しかしそれと同じくらいに暴力的なベースさばきに魅了され、アシュリーたちはその場でアーロンの加入と前ベーシストのローディへの転向を決めた。

ぼくが地元に帰ってきたのを機に、ぼくたちはモリーの実家のレストランに集まった。バスで一時間ほどの距離の街に住んでいたモリーもいっしょだった。そこでエル・クランの話を聞きながら、ぼくは冷や汗をかいていた。十年ちかくつきつづけていた嘘、ぼくが兄に暴力を振るわれている、という嘘を、まだ訂正していないままだったからだ。アーロンが自室に籠もっていたからこそその嘘は露呈しなかったけれど、きっともう、すくなくともアシュリーは、ほんとうのことを知っているはずだ。アーロンがほんとうは気のいい兄きで、ぼくに手を上げたことなんて一度もない、ということを。内心気が気じゃないぼくを知らぬげにアシュリーは、エル・クランの活動について話しつづけ、結成五周年を記念して自主制作したというレコードを取り出した。

「クレイグ、」突然自分の名前が呼ばれ、ぼくは椅子の上で跳び上がる。「なに驚いてんだよ。ほらこれ、クレイグ」そう言ってアシュリーが指さしたのは華美なゴチックで印字された収録曲一覧だった。「カレー・バーガーズのときに、おれたちふたりで作った曲だ」

真っ黒のレザージャケットと巨大なサングラス、映画の登場人物みたいな気取ったポーズの写真が収められたブックレットに歌詞が載っており、そこに作曲者として、アシュリーとならんでぼくの名前が記載されていた。

そのときは、アシュリーは何も言わないでくれた。ぼくがみんなの仲間でいつづけるために嘘をついていたことを。それで翌日、いっしょにスーパーの事務室にいるときに、ぼくは自分からアシュリーに話しかけることにした。

「アシュリー、話があるんだけど」

「ん、どうした?」アシュリーは手元から目を離さずに答える。「いま給与計算してるから、シンプルな話しかできないぞ」

「アーロンのことなんだけど、」と切り出して、ぼくは次に何と言えばいいかわからなくて口ごもった。するとアシュリーは察したらしく、ああ、と頷く。

「アーロンがいいやつだったってこと?」

「まあ、そう」ぼくは口のなかで答える。「いつ知った?」

「いつっていうかな」とアシュリーは手をとめ、壁に張られたシフト表を見上げて目を細める。アシュリーに教わりながらぼくが作成した表だった。「おれたちがいっしょだったころからだよ」

「アーロンにはじめて会ったとき?」とぼくは、ジャスミンがはじめてぼくたちの場所にやって来たときのことを思い出しながら聞いた。

「いや、それよりも前、ずっと前」アシュリーは節をつけて言う。

ぼくはぼくが初めて嘘をついた日のことを憶えている。アシュリーとロベルトが喧嘩をして、ぼくとモリーがそれを止めに入った日、ぼくたちはまだ十三歳だった。ぼくとアシュリーはカレー・バーガーズの一員で、ロベルトはカルドニアンのジュニアユースの左ウイングで、モリーはジャスミンをいつくしみながら、ぼくたちの知らない誰かと付き合っていた。ロベルトはアシュリーと罵りあいながらも、一度もアシュリーの肌の色を揶揄するようなことは言わなかった。それがちょっと嬉しくて、殴り合いながらも、こいついいやつかもしれない、とアシュリーは思っていた。いっぽうアシュリーは、ロベルトの顔だけを狙って殴っていた。ロベルトものちに親しくなってから、おれがサッカー選手だから身体を避けてくれたのかなって思った、と言っていた。殴り合いながら心を通じ合わせていたのなら、とつぜん始まった喧嘩に戸惑いながらも止めに入り、なぜかふたりといっしょに教頭に叱られたぼくとモリーがいちばんの被害者だ。一時間ほどの説教のあと、教頭の部屋から解放されたぼくたちは、次の授業をさぼることにした。四人でいっしょに昼休みの営業を終えようとしているカフェテリアに駆け込んで、売れ残っていたあたたかいココアを飲んだ。

それがぼくたちのはじまりだった。カルドニアンの下部組織のこと、尻軽だという噂が立っていたモリーの恋人のこと、アシュリーとぼくのバンドのこと、集まるたびに話すことはいろいろあったけれど、親しくなったばかりの友人たちによくあるように、いつでも四人の出会いの喧嘩のことに戻っていく。それから話題はやがて、みんなが抱えている悩みのことに移った。ロベルトの名前の由来や、モリーの妹のこと、それとアシュリーを毛嫌いする音楽教師のこと。みんないろいろたいへんなんだな、とロベルトが溜息をついて、ぼくのほうを見た。スーパーを経営する両親と無職だけれど気のいい兄のもと、とくに不自由のない暮らしをしているぼくは、みんなに対して引け目を感じていた。自分が不幸ではないことに。それでこう言った。

「おれの兄き、アーロンっていうんだけどさ、なにかというとすぐ殴ってくるんだ」

目障りだとか、彼のコップを勝手に使っただとか、買ってきた煙草の銘柄が彼のお気に入りのものじゃなかった、だとか。聞かれるままに理由をでっち上げ、怪我をしたときはアーロンにやられたものだと言い、怪我ができないときには自傷までして、ぼくは嘘を重ねつづけた。

「なんか、わかったんだ。おれたちみんな。クレイグはおれたちの嘘を怒ったことないだろ?」そう言ってアシュリーは笑う。「っていうか、いつだったか、アーロンに腕折られたって言ってたけど、そんなのもう犯罪じゃねえか。それなのになんで警察に行かねえんだよ」

部屋から出たアーロンは、両親のスーパーではなく、街にひとつしかないレコードショップで働いている。父のレコードを聴きこんだおかげか八〇年代のロックについての知識が豊富で、客の評判もいいらしい。外に出て働きはじめたのなら、彼が暴力的な人間でないことを隠し続けることなんてできない。ごめん、とぼくは小さい声で言う。

「謝るなよ」とアシュリーは、嘘をついた理由を話そうとしたぼくを遮った。「謝ると嘘になるから。いいんだよ、アーロンは暴力クソ野郎で、でも更生したから外に出てくるようになった、ってことで。それで何の矛盾もないんだし」

　ごめん、とぼくは繰り返す。それから、もしかしたら、とふと思う。アシュリーもなにか、ぼくたちが一緒にいるために、ぼくたちに隠し事や嘘を言っていたのではないだろうか、と。モリーの隠し事やジャスミンの嘘をぼくが怒れなかったように、アシュリーもぼくたちに罪悪感めいた温度差を感じていて、それでぼくのことを怒れないんじゃないか。でもそのことは口にせず、ありがとう、とだけ付け加えた。

「うん」とアシュリーは頷いて、書類に目を戻して電卓を叩きはじめた。「ロベルトとモリーもそのことは知ってる、だからふたりが何も言わないならクレイグも何も言うな」

　わかった、とぼくは頷いた。


　将来を嘱望されていたオースティンは、結局たいした選手にはなれなかった。二十歳でセルティックに引き抜かれたもののレギュラーを勝ち取ることはできず、一年後にトルコの知らない街のクラブに移り、そこでもポジション争いに敗れて、ギリシャリーグの下位のクラブに移籍した。そこでようやく継続的に試合に出られるようになったのは二十五歳のころのことだ。

　翌年、ワールドカップ予選を戦う代表チームに選出されたが、彼は一度も試合に出られず、チームもいつもどおりあっけなく敗退した。二十七歳でフランスに移籍したもののレギュラーには定着できず、一シーズンごとに所属クラブを替えつづけた。そしてバーンリーのクラブからオファーを受け取りながら、イングランドには行きたくない、と言って、カルドニアンに復帰したのが三十一歳のとき。それから二シーズンをキャプテンとして過ごした。

ぼくたちは、きっとオースティンも、その間カルドニアンがずっと同じ地位にありつづけるとは思っていなかった。リーグのスポンサーが代わり、八位のチームと四部リーグの三位のチームのプレーオフ制度が導入され、五年後に廃止され、セルティックがマンチェスター・ユナイテッドに勝ってチャンピオンズリーグでいいところまでいき、チリで大きな地震があってその復興が完了し、オースティンがデビューして引退した、その間ずっと、カルドニアンは三部リーグで残留争いを続けていた。プレーオフがたった五年で廃止されたのは、その五度ともカルドニアンが八位になり、四部のチームにプレーオフで勝って残留しつづけたからだ。きっとリーグの運営側も、こんなプレーオフにはなんの意味もないとわかったのだろう。

弱小チームのくせに妙な勝負強さを誇るカルドニアンは恰好の育成の場と目されたようで、強豪が世界各地から買い集めた十代の若手選手がぼくたちの街に、期限付き移籍というかたちでぞくぞくと送り込まれてきた。だからといって、カルドニアンが強くなったわけではないけれど。とにかく、人口一万に満たないちいさな街は一挙に国際色豊かになった。今では黒人も複数人いるし、カリブ海や東アジアの知らない国の選手もいる。イングランド人すらいる。オーナーはタイ人で、コーチのひとりはタイから派遣されてきている。ぼくたちのチーム、とは、もはや言えない。それでも、ぼくたちの街で娯楽といえばカルドニアンの試合しかなかった。

オースティンが引退を表明したシーズンも八位で終わり、彼はカルドニアン・サッカー・アカデミーにいたころの友人たちに呼びかけて宴会を開いた。そのなかにはもちろんロベルトもいた。その席でふたりが何を話したのか、ぼくたちは知らない。ロベルトが頑なに教えてくれなかったからだ。次の日、モリーの家のレストランに集まったとき、ロベルトは目元を赤く腫《は》らした顔で現れた。

「どうしたんだよロブ」とアシュリーが驚いた表情をつくる。でもぼくたちにはわかっていた。次代のカルドニアンを背負って立つと思われていたオースティンと、サポーターグループをこれから引っ張っていくはずだったロベルト。その場に集まったなかでトップチームに昇格したのはたった三人で、うちふたりも二、三年で引退してしまい、現役生活をまっとうしたのはオースティンただひとりだった。そのオースティンすら、ヨーロッパサッカーの歴史になんの爪痕も残せなかったのだ。

「おれさ、」とロベルトがちいさな声で言う。「あいつのこと、嫌いだったんだよ」

「ロブ、」とモリーが辛そうな声を漏らす。でもロベルトは構わずに続けた。

「ひとりだけすげえ上手くて、トップチームで練習して、キャプテンで、あと顔もまあまあ良くてさ。嫌いだった。でも、」と首を振る。「チームメイトだったんだ」

ユースチームから外されて、近所のパブで声援を送る側に回ってからも、ロベルトにとってオースティンは仲間だったのだ。きっとロベルトなりに夢を託していたのだろう。

「ユースチームの誰もオースティンに敵わなかった。そのオースティンもこんなふうに引退して――それならおれは、なんのためにサッカーをやってたんだろうな」

そう言ってロベルトはぼくたちの顔を見回した。でも、ぼくたちに答えられるはずもない。ロベルトは暗い口調のまま、エクササイズかな、なんて言ったけれど、ぜんぜん笑えなかった。

そのシーズンを最後に、ロベルトはサポーターグループの幹部をやめた。選手やチームスタッフとのコネクションのあるロベルトは慰留されたものの辞意は揺るがなかった。

それからすぐ、ロベルトは働いているパブのオーナーの娘と結婚して、マスターになった。クイーンズ・ロード・フィールドちかくの、試合の日にはチケット代を惜しんだ客でいつも満席になるパブなのにマスターはいつもスタジアムに行っていて、試合後にはグループの仲間を連れてきてくれるのはいいけどとっくに酔いつぶれてて役に立たない、とロベルトの妻のジェインは愚痴を言う。娘が生まれてもロベルトの行動は変わらず、ジェインはこれまでに二度離婚を申し入れて、そのたびに大騒動になった。

オースティンは引退と同時にカルドニアンのコーチになった。だから、その三年後にロベルトが全裸で乱入したときもベンチにいたはずだし、おちんちんを震わせて叫ぶところも見ていたはずだ。かつての自分のように、カルドニアンを背負って立つと期待されているゲイブにロベルトが詰め寄るところを、彼はどんな気持ちで見ていたのだろう。

ぼくとアシュリーは年老いた両親の補佐としてスーパーの経営に携わるようになっていたし、モリーは図書館の仕事が休みの日や予約がいっぱいで忙しそうな夜には実家のレストランを手伝いに行っていた。ロベルトのパブは、オースティンに引き連れられたカルドニアンの選手やスタッフの払う金で成り立っていた。だから選手の大半はぼくたちにとってお客さまだった。オースティンの現役最後のシーズンにトップチームに昇格し、カルドニアンの新しいエース候補と目されているガブリエル・ボトムのことも、彼がまだジュニアユースの選手だったころから知っている。そんな選手たちがうす水色のユニフォームに袖を通している姿は、試合の興奮とはちがう意味で嬉しいものだった。ロベルトにとってカルドニアンは自分の古巣だし、アシュリーにとってクイーンズ・ロード・フィールドはただのサッカー場ではなく、いずれ自分たちのバンドがコンサートを開く会場だ。ぼくたちは少年だったころほど熱心なファンではなくなったものの、カルドニアンの試合は欠かさず観るようにしていた。一部リーグのような鮮やかな連係や優雅なテクニックなんて、三部の試合では望むべくもない。でもその代わりに若い選手たちの野心はすさまじく、試合はいつもタフで見応えのあるものだった。

　全裸でピッチに飛び込んだロベルトには無期限の出入り禁止が言い渡された。おれとおなじだ、とアシュリーが嬉しそうに言った。

「さいしょにおれ、次にモリー、それからロブ」と指を折って数え上げ、にやけ顔でぼくを見る。なんだよ、と言ってやると、「クレイグ、おまえ、クイーンズ・ロードで何かやったか?」と訊いてきた。

「何かってなんだよ」

「つまりさ、おれはバナナ投げたしロブは全裸になった、いまもあそこの照明にはモリーの肛門《asshole》がある。そうだろ?」と順に指さされてふたりは頷く。「でもクレイグはまだ、あそこになんの爪痕も残してない」

「なんかやんなきゃいけないってもんじゃないだろ」とぼくは鼻で笑う。ま、そりゃそうだ、とアシュリーも、つまらなさそうな顔ではあったけれど頷いた。

　元選手だったからか、それともオースティンからの口添えでもあったのか、ロベルトの立ち入り禁止令は一ヵ月ほどで解かれた。それと一緒に、すでにバナナを投げ込んでから二十年が経っていたアシュリーも許された。ロベルトはサポーターグループのなかでさらに降格し、旗振り役を剝奪されて、十列目より後ろで見るように言い渡された。

ぼくとモリーが二十六歳の冬に娘が生まれた。ぼくたちは彼女にアリスという名前をつけた。そしてアリスが十三歳になったとき、ぼくたちはいつもの誕生日より盛大に祝った。ぼくたちが出会った年齢だからだ。あの喧嘩から二十六年が経って、あの場に居合わせたうちの二人が結婚して、その子供があのころのぼくたちの年齢に追いついた。もしかしたらアリスも、一生つづく友達と、もう出会っているのかもしれない。アリスは学校の話なんてひとつも教えてくれない。でも年々帰る時間が遅くなっていて、親としては叱るべきなのかもしれないけれど、遅くまで一緒にいたいと思える仲間がいるのだと思うと、あまり強気にはなれない。

ロベルトは二十年あまり所属していたサポーターグループをやめた。最年長になったのに旗振りに復帰させてもらえなかったことに腹を立てたらしい。これからはいちファンとして観るよ、と言い、けっきょく試合のたびにクイーンズ・ロード・フィールドに通っているのだから、彼の生活になにか変化があったわけではない。ただ古ぼけた会員証が一枚なくなっただけだ。

アーロンは年老いた店主からレコードショップの経営を引き継ぎ、ジャズやクラシックの棚を減らしてハードロックやメタルばかり仕入れるようになった。エル・クランのファンだという、ぼくなんかよりずっと年下の女の子を妊娠させたのに結婚を渋り、一度刺されそうになって、ようやく観念した。それで今は、実家の隣に家を借りて住んでいる。結成二十三年目をむかえたエル・クランは、いまだにこの街のライヴハウスより上に行くことができずにいる。ぼくの両親は、店長の座をぼくに譲って、七十歳で引退した。そのまえに街のなかにもうひとつ店舗をつくり、アシュリーをその店長に任命した。そのせいでアシュリーは忙しくなって、バンドのメンバーで集まることすらもろくにできない。もう五年も新曲を作っていないから、練習をしていなくても毎週末のライヴには支障ないそうだ。

そしてモリーは、三十九歳で死んだ。骨髄の病気だった。発見したときにはもう手遅れで、検診して即入院し、半年も経たないうちに息を引き取った。ジャスミンの死と同じように、モリーの死は突然で、あっけなかった。悲しんだりおろおろしたりする時間すらぼくには与えられず、気が付くとぼくとアリスは病院の霊安室にいて、モリーの死顔を見下ろしていた。安らかなのは化粧をしているからだ、とぼくは思った。いいにおいがするのは死臭を隠すためだ、とも思った。ぼくの隣ではアリスが、顔を覆って全身を震わせており、ぼくは彼女の肩を抱き寄せながら、大丈夫、と自分に言い聞かせるように言う。ぼくは大丈夫じゃないといけない。

みんなと同じような深さの物語を生きていなかった、ひとりだけ冷めているようなぼくまでが泣いてしまうわけにはいかないのだ。

ぼくは新聞に死亡広告を出し、家族と親しい友人だけでちいさな葬儀を執り行った。モリーは地中に埋められて、それで終わり。大丈夫、なんて自分に言い聞かせておきながら、ぼくはぜんぜん大丈夫ではなく、モリーの死から一週間が過ぎたいまもまだ、なにもできないでいる。アリスが学校に行く前に作ってくれた食事をもそもそと食べ、モリーの服や何かに顔をうずめながら、一緒に過ごした日々のことを思い返しては、モリー、とか、愛してる、とか、誰もいない虚空に向かって手話で話しかける。目を閉じて。ぼくたちは内緒の話をするときいつも手話をつかっていた。だから返事は聞こえなくても、もしかしたらモリーがどこかで、手話をつかって答えてくれているかもしれない、と思える。

図書館の、モリーがいた部署に、欠員が補充されることはなかった。朗読ＣＤの利用者がほとんどいないことがわかったからだという。そのことをぼくは、家にやってきたモリーの母親から聞いた。ふたりの娘を亡くした彼女にとって、血が繋がっているのはもうアリスしかいない。クレイグももうわたしたちの息子だよ、と言ってくれたし、再婚も、気持ちが持ち直したらしてね、とも言ってくれたけれど、ぼくは首を振った。ぼくはモリーの娘の父親だ。それ以外のあり方なんて、いまは想像もできない。

ぼくはふと、アリスをはじめてクイーンズ・ロード・フィールドに連れて行った日のことを思い出した。もちろんアシュリーやロベルトも一緒だった。アリスはたった五ポンドで入れた。彼女のぶんのレプリカユニフォームはロベルトが買ってくれた。自分とおそろいのTシャツを着た観客たちを見回して、彼女はおかしそうに笑っていた。熱狂的なファンの多い前列にアリスを連れて行くわけにはいかないから、ぼくたちは最後列に席を占めた。前に居並ぶみんなが自分を見てくれないのが嫌だったのか、アリスはしきりにぐずった。もう小学校の二年生なのにいつまでも甘えん坊だった。でもそんなアリスも、試合が始まると静かになった。サッカーなんてルールがわからなければ面白くないだろうに、彼女の目は飽きずにボールを追いかけ、高く蹴り上げられると声を出して笑う。ぼくとモリーはそんなアリスの表情を見るので忙しくて、カルドニアンが勝とうが負けようがどうでもよかった。

カルドニアンが一点を入れて、観客たちはみんな立ち上がって拳を振り上げ、ゴールした選手の名を叫ぶ。アリスは何が起きたのか理解しておらず、ただ周りの大人たちがとつぜん叫びだしたのに驚いて、耳を塞いでぼくの顔を見上げた。どう説明したものか迷っているうちに、すでにだいぶ酔っ払っていたアシュリーがアリスを抱え上げる。酒臭い息を吹きかけでもしたのか、アリスは嫌そうな顔をした。でも肩車されて見晴らしがよくなったのが嬉しかったらしく、アリスの表情が変わる。ほかの大人たちと同様に両腕を掲げ、言葉にならない叫び声を上げるその姿は、いっぱしのカルドニアンファンのようだった。

「なあ」とまぶしそうに彼女の顔を見上げながらロベルトが言った。「アリス、何歳になったんだっけ」

「六歳だよ」とモリーは呆れたように笑う。ロベルトはいつまでもアリスの年齢が憶えられなくて、会うたびに訊いてくる。

「六歳か。うちの娘といっこ違いだ」と納得したように頷くのも毎度のことだ。

「そう、六歳」とモリーは繰り返し、ふとなにかに気づいたような表情になる。それからもう一度呟いた。「六歳」

　モリーが目配せをしてきて、ようやくぼくも思い出す。六歳はジャスミンが死んだ年齢だ。いつのまにかぼくたちの娘は、ジャスミンの年齢に追いついていた。

　生まれてから六年経ったのだから、そんなのはとうぜんだ。じきに彼女は十三歳になり、一年一年としをとり続け、百年生きて、ぼくたちの誰よりも長生きする。そんなのわかりきったことだ。それでも、そのときのぼくやモリーにとっては大きなことだった。これからはクレイグがわたしのだいじちゃん、とモリーは言い、ぼくもそんなことをモリーに囁きもした。でもなにも世界でいちばんいつくしむ対象がひとりじゃなきゃいけないなんて法はない。ぼくにとって、そしてもちろんモリーにとっても、アリスはだいじちゃんなのだ。ぼくたちはそう気づいた。

　あのときようやく、十五年経ってやっとジャスミンの死を吹っ切れたと思えたのに、今度はモリーが死んでしまった。モリーの死を吹っ切ることなんてぼくにはできそうにない。アシュリーとロベルトの喧嘩を止めに入ってから二十六年、ぼくたちはずっと一緒にいた。モリーと出会う前の自分がどんなだったか、まったく思い出せない。だからモリーがいないこれからをどう生きればいいのか、ぼくにはわからない。

　モリーの死から二週間、ぼくは一度も家から出なかった。ぼくが仕事を休んでいる間、アシュリーはふたつの店舗を行き来して、店長の業務を肩代わりしてくれた。毎日、夜の十二時ごろに郵便受けが音を立てる。アシュリーが店の売上伝票を届けてくれるのだ。その音とアリスだけが、ぼくと家の外を繋いでくれている気がした。エル・クランの活動は完全に休止していたけれど、みなもうすぐ四十歳で、アーロンにいたっては五十歳を過ぎ、それぞれ仕事で責任ある立場にいて、若いころ酒を飲みながら語ったような夢は叶えられそうにない。ＥＭＩからレコードデビュー、全世界ツアー、ツアー最終日にクイーンズ・ロードに凱旋《がいせん》して、もう二十年以上の間ずっと塩漬けにしていた曲を、まんをじしての初披露。アシュリーたちにはもうきっと、自分たちのバンドとしての限界は見えている。クイーンズ・ロードを満員にするどころか、もう五年も同じセットリストで演奏し続けているせいで、二百人も入れないライヴハウスですら埋まらなくなっていたところだった。

ある夜、ベッドに横たわって売上伝票の封筒をひらくと、もう一枚べつの紙きれが入っていた。エル・クランのライヴのチケットだった。場所はいつものライヴハウス。でも、ふだんなら若いバンドと三、四組で金を出し合って開くライヴが、今回はエル・クランの単独で行われる。いつか見たレコードとおなじ大仰なゴチックで、「ブラック・バナナ」と印字されていた。それがこのライヴのタイトルだった。そしてその下にちいさく、五年ぶりの新曲披露、と添えられている。裏にはアシュリーの文字で、クイーンズ・ロードで演るつもりだった曲のタイトルだ、聴きにきてくれ、とメッセージがあった。

ぼくは夫婦のベッドから起き上がり、キッチンに移動して、汚れが乾いてこびりついた食器を洗いはじめた。いつもモリーやアリスがやってくれていたから、自分で洗うのは大学に通っていたころ以来だった。ぼくには泡をうまく立てることもできない。スーパーで配布した販促グッズのあまりや特典でもらった食器はプラスチック製のものばかりで、ほとんど音を立てることはない。誰もいない、ほとんど静寂につつまれた家の中で、そのかすかな音はやけに高く響く。もう手話で、誰かと話すことってないのかな。モリーの声が、頭の中に蘇る。アリスは手話を憶えなかったから、ぼくが手話で誰かと話すことはもうない。人がひとり死ぬというのは、その人が周りの人と交わしていた親密な言語がひとつ滅びることだ。ぼくは顔の前で泡がついたままの手を交差させて動かす。笑う、という意味だ。でもいくら手を動かしたって、それを解する人がここにはいないから、ぼくは手話ですら笑えない。

校門前での喧嘩以来、モリーとはたくさんの時間を過ごしたけれど、なぜか思い出すのはクイーンズ・ロード・フィールドのことばかりだった。いっしょにロベルトのおちんちんを見たこと、肛門《asshole》って書いてやったんだ、と言ういたずらっぽい笑顔、ちいさなユニフォームを着たアリスと三人で抱き合ったこと。モリーに捧げるつもりなのであろうこのライヴに行く前に、いつかアシュリーが言っていたとおり、ぼくはクイーンズ・ロード・フィールドで何かをやらなければならない。ぼくは不意にそう思った。

ライヴ当日、ぼくはアリスが帰るより早く家を出た。まだ夕方というにも早い時間で、道を行き交う人は少ない。今日は試合もないから、クイーンズ・ロード・フィールドに向かうバスは空いていた。スタジアムも静まりかえっている。レストランやグッズショップは営業しているらしいけれど、試合もイベントもない日にここに来る客なんていない。僕もはじめてだ。あの夜モリーが見たであろう、静寂に包まれたクイーンズ・ロード・フィールド。カルドニアン・サッカー・アカデミーのチームバスもないから、どこかに遠征しているのかもしれない。

ぼくはスタジアムに近づいた。グッズショップは開いているけれど、試合がないから観客席はロックアウトされていた。でも、警備員の姿もなく、柵に手をかけても警報は鳴らない。整備車両の出入り口なのだろう、可動式の柵の向こうはグラウンドまで地続きで、きれいに整えられた芝が見える。試合の日にはモリーの asshole に照らされ、かつてアシュリーがバナナを投げ込み、ロベルトがおちんちんを震わせて叫んだグラウンドだ。ぼくは手を伸ばして柵のいちばん上を摑む。二、三度強く揺らし、大きな音や警報が鳴らないことを確認してから、思い切りジャンプした。

でも、ぼくの手の握力は、ぼく自身の体重を支えるにはちょっと弱かった。モリーの死後ほとんど家に引きこもっていたし、そもそもぼくはもうすぐ四十歳で、運動なんてぜんぜんせずに過ごしてきたのだ。がしゃがしゃと柵を蹴りながら必死にしがみついたけれど、ぼくはあっけなく柵から転がり落ちた。うす水色に塗装されたアスファルトに腰を打ち付けて、しばらく悶絶する。仰向けになって見る柵は高かった。その向こうに曇った空が見えた。いつもと同じこの国の空だ。ぼくはひとりでは何も、クイーンズ・ロードに侵入することすらできない。

大きな音が立ったのに、誰も駆けつけてはこなかった。人気が出ても出なくても、警備は強化したほうがいいと思う。ぼくはぼくを振り落とした柵にすがりついて立ち上がり、スタジアムの外壁を回り込んでグッズショップに向かった。

うす水色に染め上げられたショップにはカルドニアンのアンセムが流れていた。天井ちかくのテレビでは試合の録画映像が上映されている。カウンターに肘を突き、退屈そうにそれを見上げていた店員の男が、開いたドアに驚いた顔でこちらを見た。当然、というべきか、ぼくのスーパーやロベルトのバーの常連客だ。

「今日は試合ないぞ」と彼は言い、それから入ってきたのがぼくだと気づいて、なんだよクレイグか、とつまらなさそうな顔になる。

「湿布ある？」ぼくは挨拶もせずに訊く。

「湿布？」と彼は訝しげに繰り返した。「そんなマニアックなグッズはねえよ。エンブレムの入ったマスクならあるけど」

「エンブレムはいいんだ。ちょっと腰打ってさ、湿布がほしい」

「腰痛ならクイーンズ・ロードじゃなくて病院に行けよ」と呆れたように笑いながらも、カウンターの奥から椅子を出してくれた。礼を言ってどさりと座る。ぼくの額に脂汗が浮かんでいるのを見て、ようやく彼も事態の深刻さに気づいたらしい。「救護室に行けばあるだろ、ちょっと待ってろ」と言って、店を飛び出していった。

しばらく待っていると彼は黒いボストンバッグを持ってきた。試合中、選手が怪我をしたときにチームドクターが使うのと同じものだ。そのことに気づいて、こんなときなのにぼくは少し興奮する。彼はぼくを椅子に反対向きに座らせて、シャツをまくり上げた。赤くなってんじゃねえか、と顔をしかめ、あたたかい掌《てのひら》で撫でる。

「こりゃ打ち身だな。痛むか?」

「触られると痛い」とぼくは早口で言う。「いいから早く貼ってくれ」

「初めてこれ使うんだ、チームドクターの真似くらいさせてくれよ」とぼやきながら、彼はバッグから湿布を取り出した。きつい匂いが鼻を突く。「選手用の湿布だ、ファン冥利《みょうり》につきるだろ」と言いながらフィルムを剝がし、ぼくの腰に貼る。ひんやりと冷たくて、ぼくの喉からうめき声が漏れた。彼は僕のシャツを戻して、服の上から軽く叩いた。「温湿布だから、そのうち温まってくるはずだ。それまでゆっくりしてな」

ああ、と頷いて、ぼくはその体勢のまま店の中を見回した。選手たちのレプリカユニフォームや、背番号の入ったすね当て、エンブレムがプリントされたリュックサック、ホイッスル、ペンケース。そのうちのいくつかはぼくの家にもある。ぼくたちが十三歳だったころにもここにはグッズショップがあって、同じようなものが売られていたのだ。

「なあ」と彼が話しかけてくる。「クレイグ、いったい何しに来たんだよ? まさかほんとうに湿布探しにきたんじゃないだろ?」

「何って、」と言いかけて、ぼくは口ごもる。クイーンズ・ロード・フィールドに忍び込んで変なことをしようとして柵から転がり落ちた、なんて言えるはずもない。ぼくはふと思いついて尋ねた。「そうだ、リップある?」

「は?」と彼は首を捻った。モリーが死んだことは彼も知っているはずだ。妻を亡くしておかしくなったとでも思ったのだろう。ぼくは慌てて弁解するように言う。

「いや、アリスにね。買ってやろうと思って、リップ。それで来る途中で、その、転んでさ。腰打ったんだ」

「ああ、そういやもう十三歳だっけ」と彼は納得したように頷いた。ロベルトはぜんぜんアリスの年齢を憶えられないのに、と思って、ぼくは噴き出しそうになった。彼は立ち上がり、陳列棚の間に入っていく。

「あるのか?」

「ああ、ある。うす水色のと無色のがあるけど、どっちがいい?」

ジャスミンのリップはどんな色だっただろう。モリーが電球にassholeと書いたリップは。カルドニアンのグッズではなかったから、少なくともうす水色ではないはずだけれど。ぼくは色つきのほうを選び、プレゼント用に包んでもらった。

彼にタクシーを呼んでもらい、ぼくは家に帰った。もう暗くなっていたけれど、スーパーに寄ってきたアリスの帰宅はぼくよりも遅く、外出していたことは言わずに済んだ。何もせずベッドに横になっているのもいつものことだから、怪しまれることはない。

ぼくは夫婦の毛布にくるまって、リップの箱を手のなかでもてあそんでいた。これをアリスに渡すなら、今日あったことを話さなければならない。アシュリーのバナナ、モリーの肛門、ロベルトのおちんちん、そしてぼくがひとりでは何もできなかったこと。いまごろライヴハウスではエル・クランが演奏しているはずだ。ぼくの知らない、モリーがナイター灯にのぼりながら口ずさんでいたメロディを。腰が痛くても立ち上がれないわけではないから、行こうと思えば行ける。でも、クイーンズ・ロード・フィールドでなにもできなかったぼくには、エル・クランのライヴに行くことはできない。アシュリーたちに言えば笑われてしまうような、独りよがりの意地だということは、自分でもわかっている。ぼくは仰向けになったまま、アリスが家の中で動く音を聞いてその夜を過ごした。

そうやってさらに一週間が過ぎた。プロ仕様の湿布はよく効いた。数日で痛みは引いたけれど、アリスにはリップを渡せないままでいる。彼女は気を遣って一度もぼくに声をかけず、家のなかの静寂を保ってくれていた。ぼくがモリーの手話をよく聴き取れるように。でも、ある日、騒がしい男ふたりの声が近づいてきて、家のドアベルが鳴らされた。どんなふうにボタンを押してもベルの音は一定のはずなのに、乱暴に、ほとんど殴るように押しているのがわかる。家にいたアリスが応対して、控えめにぼくの部屋をノックする。パパ、と、三週間ぶりにアリスがぼくを呼ぶ。わかってる、とぼくは夫婦のベッドから身を起こした。こんな鳴らしかたをするのはロベルトしかいない。

ふたりには食堂で待ってもらい、ぼくは身づくろいをした。知らないうちに髭が伸び、髪の毛はぺたぺたしていて、肌には垢がうっすらと層になっている。目の周りだけは層が薄く、目尻にはこまかな白い粉が筋になってついている。ぼくは泣いていたのだ。大丈夫、と自分やアリスに言い聞かせて、ぼくが泣くわけにはいかない、なんてことまで考えていたのに。ふと、彼女は気を遣ってくれたのではなく、こんなに醜《みにく》くなった父がいやで声をかけてこなかったのではないか、と思いつき、そんな冗談を思いついたことに自分で驚いた。

軽くシャワーを浴びて食堂に向かうと、アシュリーがアリスに向かって、もうすぐ迎えるシーズンオフでカルドニアンがとるべき補強策についてとうとうと喋っていた。二十二歳になったゲイブは、年に二度の移籍市場が開くたびにイングランドのビッグクラブからの興味が報じられていて、マンチェスターの強豪とカルドニアンが合意に達した、というニュースすらある。だから最優先するべきはゲイブがいるトップ下、それといまのフォワードはみんな決定力がないから攻撃陣を整理するべき、あと中盤の底で走り回れる選手も欲しいしディフェンスラインも再構築が必要だし、なによりキーパー、あいつはアカデミーにいたころから下手だったから替えるべき、と断言し、いまではサッカーにあまり興味のないアリスは、ほとんど全部じゃん、と冷たく言って、ふたりが手土産に持ってきたクッキーを口に放り込んだ。

あまりにもいつも通りの風景だった。違うのはひとり欠けていることだけだ。パパ遅いよ、とアリスがぼくを見上げ、つられてふたりも目を向けてくる。ふと子供のころに戻った気がした。学校のカフェテリアの隅のテーブルに。ぼくがすこし遅れて着くと、みんなこうしてぼくを見上げ、遅いよ、なんて言ってきたのだ。

「クレイグ、ひどい顔だ」とアシュリーが顔をゆがめる。

「さっきまでもっとひどかったんだよ」とアリスが憎まれ口を叩く。

「十三歳のときからこいつはひどい顔さ」とロベルトが言い、自分で噴き出した。

おまえよりは整ってるだろ、といつものぼくなら言い返さなければならないのに、ぼくの口からこぼれ出たのは妻の名前だった。

ぼくは三人になにか言われる前に居間を出てバスルームに駆け戻り、ひんやりと湿った空気を胸いっぱいに吸い込む。モリーが使い切らなかったシャンプーの匂いだ。

それからぼくは泣いた。自分が泣いていると自覚しながら泣くのは、モリーの死以来はじめてのことだった。いや、もしかしたらジャスミンの死、あるいは、十三歳ではじめて嘘をついたあの日以来。モリーのにおいに包まれながら、モリーにしか通じない手話で虚空に向かって言葉を投げる。愛してる、とか、そういうことを。ものも言えないくらい泣きじゃくりながらでも、手話でなら喋ることができるのだ。

ぼくは涙が尽きるまでモリーに話しかけつづけた。返事は一度もなかった。

三人は、ぼくが落ち着くのをずっと待っていてくれた。その間ずっとカルドニアンの話を聞かされつづけたアリスは、疲弊しきっていたけれど。

ふたりの用向きはシンプルで、カルドニアンの今シーズン最終戦を観に行こう、という誘いだった。知らないうちにもう四月も終わりに近づいていた。今日が日曜日であることもぼくは初めて知った。ぜんぶで三十一試合を戦うちの、三十一試合目。最終節だ。カルドニアンは、今季ももちろん、三部リーグの八位に位置している。ただいつもとちがうのは七位のクレナディンと勝ち点差わずか二と肉薄していて、この試合で勝てば、クレナディンの結果次第では七位でシーズンを終えられることだ。口では渋りながらも、ぼくたちが生まれて以来はじめての事態が今日起きるかもしれないと思うと、ぼくの声は勝手に浮ついてしまう。

ぼくはクローゼットからカルドニアンのレプリカユニフォームを取り出した。引退してから総合格闘技に転向した、当時のエースストライカーのユニフォーム。もう二十年もまえ、モリーと一緒にクイーンズ・ロード・フィールドで買ったものだ。ユニフォーム姿で食堂に戻った僕を見て、ふたりもポロシャツを脱ぐ。アシュリーもあのころと同じ、今はテレビの解説者になったブランドンのユニフォームを着ていた。ロベルトは、と見やると、おれは無理だ、と言って、最新モデルのユニフォームの上からでもおへそのかたちが見えるくらいぱんぱんに膨らんだお腹を叩いてみせる。

「いちおうあのころのも持ってきたんだけどさ」と言って、ユースチームのエンブレムの入った、古ぼけたユニフォームを取り出す。「アリス、着てみるか？」

「なんでわたしが？」とアリスは嫌そうな顔をする。

「ちっちゃいころは好きだったじゃねえか」

「そうそう、おれの肩の上でいっしょに万歳してさ」とアシュリーが加勢して、アリスは仕方なく、差し出されたうす水色のユニフォームを受け取る。十三歳のアリスには、十七歳だったころのロベルトの服はすこし大きかったけれど、ブラウスの上から着るとちょうどよかった。

なんかかびくさい、とぼやくアリスを見てアシュリーが、ああ、と溜息をついた。

「モリーみたいだ」

「ああ」とロベルトが頷く。「ちょうどこれくらいの歳のころに知り合ったんだよな、おれたち」なあ、と水を向けられて、ぼくは何も答えられなかった。何も言葉が出てこなかったから手を動かして、愛してる、と手話で伝える。モリーとぼくの、ふたりだけに通じる言葉で。アリスは、手話わかんないんだって、と呆れたように言うばかりだった。

今日の対戦相手は現在六位のチームだった。この試合で勝っても負けても順位は変わらない。それに、監督の解任もキャプテンのスペインリーグへの移籍も決まっていて、来シーズンからはチームが大きく変わることが予想されている、だからきっとモチベーションは低いはずだ。アリスに同行を断られ、三人でクイーンズ・ロードへ向かう道すがら、ロベルトはそう言った。カルドニアンも九位のチームとは勝ち点が離れているから、この試合の結果にかかわらず、三部リーグに残留することは決まっている。それでも数十年ぶりに八位以外の順位で、クレナディンより上の順位でシーズンを終えられるかもしれない、という期待は、選手たちやファンにとって何よりも大きなモチベーションになる。ロベルトはそう言い、けっきょくアリスから突き返されたユニフォームをマフラーみたいに首に巻く。うす水色のシャツにうす水色のマフラーは、あまり合ってはいなかった。空はうす曇りでほんの少し肌寒い。日差しもほとんどないから、サッカーをするにはちょうどいい天気だった。

ロベルトを先頭にして、ぼくたちはクイーンズ・ロード・フィールドに入った。ロベルトはシーズンチケットで、ぼくとアシュリーは当日券を買って。知らない間にチケットは三ポンドも値上がりしていた。ぼくたちはおのおのビールとフィッシュ・アンド・チップスを買い、ゴール裏の自由席にむかう。ロベルトは顔見知りらしいサポーターグループのメンバーとハイタッチやハグをしながら歩くから、座席に落ち着くのにひどく時間がかかった。ロベルトがここで全裸になってからもう三年ちかくが経っているのにいまだに彼は有名人らしく、今日のちんこの調子はどうだい、なんて遠慮なく訊いてくる若者もいる。なんなら自分で見てみるか、とロベルトがズボンの前を下ろすような仕草をすると若者はけらけらと笑ってビールの入ったプラスチックコップを掲げてきた。

「クイーンズ・ロードに来るの、ひさしぶりだろ」とアシュリーがぼくに話しかけてきた。いや、と首を振りかけて、そうだな、と言いなおす。ひとりでここに来て、でも何もできないままリップだけを買って帰った、そのことを二人に話す必要はない。

自由席とはいえ前から十列はサポーターグループしか入れない。開場から三十分近くが経っていたから、三人で並べる席はいちばんうしろにしかなかった。「こんなに遠くで観るのはひさしぶりだ」とロベルトが不服げに言う。「選手の顔が見えねえじゃん」

そんなことを言いながらも、試合が始まれば、髪や肌の色、体格やポジションで見分けられるらしく、ロベルトはボールを持った選手の名前を叫びながら、自分の古いユニフォームを握った手を振り回す。応援団の誰よりも大きな声でチームアンセムを歌い、ときどき最前列に向かって「旗振れてねえぞ」と野次を飛ばす。ぼくを元気づけるために誘ってくれたはずなのに、ロベルトはもう、ぼくたちが一緒にいることすら忘れてしまったようだった。

これがカルドニアンの選手として最後の試合になるかもしれないゲイブは、七位という順位を置き土産にしようとするように精力的に動き回った。顔が見分けられないぼくにもわかるほどに、彼の動きはほかの選手たちとはちがっていた。それでも敵チームは三人がかりでゲイブをマークして、彼にボールが渡るとみるや、ファール覚悟でスライディングを飛ばす。怒りんぼゲイブは前半のうちから顔を真っ赤にしている。ゲイブを抑えられてしまえば今のカルドニアンに攻め手はなく、かといって相手チームもゲイブ対策に人数を割きすぎていて組織だった攻撃はできない。おたがいにシュートを一本も打たないまま前半が終わった。もう午後七時を過ぎていて、ハーフタイムの間にナイター照明が点灯された。

ぼくたちは売店でビールを補給した。ぼくは朝からクッキーとフィッシュ・アンド・チップスしか食べていなかったから腹が減っていて、ホットドッグを一気に三つ食べた。客席に戻って、酔いの回りはじめた声で後半の展望を話しあう。相手は勝つ必要がないのだから、おそらくこのままの戦術でくるだろう。でもカルドニアンには絶対に勝利が必要だ。ゲイブのマークを引きはがすにはどうすればいいか、控え選手のプレースタイルまで把握しているロベルトが一席ぶつ。ゲイブのポジションを下げて、中盤の底から攻撃のタクトを振らせるべきだ、と。それはロベルトの名前の由来になった選手と同じポジションだった。そのことを思い出してぼくは、ずっと昔の発音を口に出す。ルルルルル、ロッベェルトォ！　でも、怒るかと思ったロベルトは、おう《sì》、とイタリア語で答えてにやりと笑うだけだった。

ロベルトの読みは外れていて、ゲイブは後半もトップ下で出場した。前半と同じく三人に囲まれてほとんどボールに触れることはできなかったけれど、相手を引きつけて走ることで仲間がフリーになり、カルドニアンは何本か惜しいシュートを放った。それでもお互いに無得点のまま後半のアディショナルタイムに入った。

ゴール前でパスを受けたゲイブが、三人のうちのひとりに倒されて、カルドニアンがPKを獲得した。ゴール裏はゲイブに向けられた歓声と相手選手へのブーイングで、隣にいるふたりの声すら聞こえないような騒ぎになる。ファールした選手には二枚目のイエローカードが呈示され、退場が宣告された。敵チームの選手たちが主審の周りに殺到して抗議をはじめた。そのうちひとりが、ボールを抱えて立ち上がったゲイブに詰め寄って肩を突き飛ばす。前半からすでに怒っていた怒りんぼゲイブはさらに怒って、ボールを放り出して睨みつけ、相手のおでこに頭突きをお見舞いした。主審は笛を鳴らしまくり、副審まで駆け込んできてゲイブを羽交い締めにする。双方にイエローカードが出され、それが二枚目だったゲイブには退場が言い渡された。カルドニアンのキーパーまで、両腕を拡げて敵陣まで走っていく。その間にサポーターグループの誰かが調べていたらしく、クレナディン負けたってよ、と声が飛んだ。この試合に勝てば七位だ。観客席にほんの一瞬、期待に満ちた静寂がおりる。

「しかし、なんか時間かかりそうだな」ロベルトが不意に冷静になって言う。

「そうだな」とアシュリーが、ふとピッチから目をそらし、橙色の空の下で煌々と光るナイター灯を見上げる。「ウォータープルーフだから消えない、か。クレイグ、覚えてるか?」

「もちろん」とぼくは頷く。

「つまりおれたちみんな、いまモリーの肛門のなかにいるんだな」とロベルトが、酒臭い唾をまき散らしながら、昔の冗談を繰り返す。ぼくたち三人は顔を見合わせて品のない笑い声を上げる。そういえばモリーは、下品な言葉なんて教えてくれなかったから、ぼくは asshole を手話でどう表すか知らない。

かつてアシュリーはこのスタンドでバナナを投げた。モリーは照明に上って asshole と書いた。ロベルトは全裸になって走り回った。そしてぼくはまだ、クイーンズ・ロード・フィールドで何もやっていない。ひとりでは何もできなかった。でも今なら、モリーの肛門のなか二人の親友に挟まれて、カルドニアンが数十年ぶりの順位でシーズンを終えようとしているいまなら、できるかもしれない。

「なあ」とぼくはふたりの肩を突つき、わざと下卑た声を出す。その声でふたりとも、ぼくがろくでもないことを考えているとわかったらしく、底意地の悪そうなにやにや笑いで耳を近づけてくる。ぼくが思いつきを話してやると、アシュリーは呆れたように首を振ってみせたけれど我慢できずに噴き出して、ロベルトは、ようこそ兄弟、と言って握手を求めてきた。ぼくたちは頷きあって、ピッチ上に視線を戻す。敵チームの選手はようやく諦めたらしく、ペナルティエリアにはカルドニアンの選手ひとりしかいない。ゲイブはピッチサイドに出て、祈るように手を組み合わせて見つめている。これがこの試合のラストプレーになるのはほぼ確実だからか、カルドニアンのキーパーをふくめて全員がペナルティエリアの周りに集まっている。一万五千人、満員の観客たちも、カルドニアンのファンはキッカーを鼓舞するように雄叫びを上げ、敵の応援団はやかましくブーイングを上げながら見つめている。クイーンズ・ロード・フィールドに集まった全員の視線がキッカーに集中していた。

キッカーがゆっくりと助走をはじめ、観客たちの声がひときわ高まったとき、ぼくは、せーのっ、とふたりに声をかける。そしてぼくたち三人はズボンの前を下ろして、おちんちんを外に出した。

曇り空の夜は肌寒く、股の間であたためられていた空気が瞬時に吹き散らされて、そこがいままさにちぢんでいくのがわかる。ぼくたちはいちばん後ろの席にいるし、観客たちは全員、勝利を諦めて帰ろうとしていた人も通路で立ち止まってピッチを見つめているから、ぼくたちの行動に気づく者なんて誰もいない。涼やかな風に股間を洗われながら、帰ったらアリスにリップをあげよう、とふと思った。うす水色の、カルドニアンのエンブレムの入ったリップなんて、彼女はいやがるかもしれないけれど。

ぼくとアシュリーのものは寒さと羞恥で縮こまっているのに、ロベルトのものは三年前とおなじくぱんぱんに膨らんでいて、ぼくはまた目を奪われて、キッカーがシュートするのを見逃すところだった。鋭いシュートがゴールに突き刺さり、横っ飛びしたキーパーが着地するより早く、観客たちが湧き上がり、ぼくたちの耳は聞こえなくなる。カルドニアンがこの四十年ではじめて七位でシーズンを終える、カルドニアンの長い残留争いがようやく終わるのだ。ぼくたち三人もいそいそとおちんちんをしまって抱き合った。

そうやって周りの席の知らない人ともハイタッチを交わしているうちに、観客たちの歓声に戸惑いが混じって、それからブーイングへと、ゆるやかに変わっていった。ぼくたちは落ち着きなく辺りを見回す。ピッチ上ではカルドニアンの選手たちが主審の周りに集まって抗議をしている。遠くのベンチではカルドニアンのスタッフや選手たちがベンチを飛び出し、監督がピッチ上に入ろうとしているのを第四審判が止めている。敵チームの選手たちはただ突っ立ってその様子を眺めている。観客席の前のほうから、どうやらカルドニアンの選手が、シュートが蹴られる前にペナルティエリアに侵入したせいで、主審が蹴りなおしを命じたんだ、という囁きが伝わってきた。

選手たちは主審に、スタッフは第四審判に、必死に抗議しているけれど、こうなるともう判定は覆らない。ぼくたち三人はしらじらしい気持ちで視線を交わしあう。

「なあ」とロベルトが言う。「もっかいやるか?」

「おれはやってもいいぞ」アシュリーが興奮したような声で言う。なにやらあたらしい快感に目覚めてしまったらしい。

「いや、やめよう」とぼくは笑って首を振る。アリスがここにいなくてよかった、とモリーが言うのが聞こえた気がした。

ズボンをきちんと整えてから、やっぱロブのはすげえや、とぼくとアシュリーはロベルトの肩をちょっと乱暴な感じで殴る。それからぼくたちはビールのコップを取り上げて、まだ試合も終わっていないのに乾杯をした。

初出

蹴爪《ボラン》　「群像」二〇一七年二月号

クイーンズ・ロード・フィールド　「群像」二〇一七年八月号

装幀　鈴木成一デザイン室

装画　村上 早
カバー「ほこら」
表　紙（左から）「摘む」「ふたつ」「木の家」
別丁扉「つつむ」

水原 涼（みずはら・りょう）
1989年、兵庫県生まれ、鳥取県出身。北海道大学文学部卒業。早稲田大学大学院文学研究科修士課程修了。2011年に「甘露」で第112回文學界新人賞を受賞しデビュー。同作が第145回芥川龍之介賞候補作になる。

蹴爪《ボラン》

二〇一八年七月二四日　第一刷発行

著者――水原《みずはら》　涼《りょう》

発行者――渡瀬昌彦

発行所――株式会社講談社

東京都文京区音羽二―一二―二一
郵便番号　一一二―八〇〇一
電話　出版　〇三―五三九五―三五〇四
販売　〇三―五三九五―五八一七
業務　〇三―五三九五―三六一五

印刷所――豊国印刷株式会社

製本所――加藤製本株式会社

本文データ制作――講談社デジタル製作

ISBN978-4-06-512306-5　N.D.C.913 206p 20cm